Fionn

The Celtic Garland

Translations of Gaelic and English Songs, and Gaelic Readings, etc., etc.

Fionn

The Celtic Garland

Translations of Gaelic and English Songs, and Gaelic Readings, etc., etc.

ISBN/EAN: 9783744778503

Printed in Europe, USA, Canada, Australia, Japan

Cover: Foto ©Andreas Hilbeck / pixelio.de

More available books at **www.hansebooks.com**

THE

CELTIC GARLAND.

TRANSLATIONS OF GAELIC

AND

ENGLISH SONGS:

POPULAR GAELIC READINGS,

&c., &c.,

BY "FIONN."

◆•◆•◆

GLASGOW:
PRINTED AND PUBLISHED BY ARCHIBALD SINCLAIR,
62 ARGYLE STREET,

1881.

PREFACE.

Most of the translations to be found in the following pages are the result of leisure moments, and appeared in the columns of Highland Newspapers and Magazines. I might have been content with their having been deemed worthy of a place even among the ephemeral literature of the day, but having been urged by several friends to preserve those compositions in a collected form, I reluctantly consented, and I leave the reader to judge the wisdom of the step now taken.

It will be readily believed by all who have attempted rhythmical translations, that the task is no easy one, especially with languages like English and Gaelic, which are so very different in idiom. I have endeavoured to make my English translations as literal as the exégencies of rhyme and rhythm permitted, but I am quite prepared to admit that in some cases I have failed to give full expression to the Bard's ideas. It is quite a common thing to find several similies in one stanza of Gaelic poetry, rendering it quite impossible for the translator to compress them into one verse of English. "The Bard's Evening Song," and "O, lovely glen," will be be found to be almost line for line translations of the original.

As regards translations from English to Gaelic it will be observed that I have not attempted anything like literal renderings, being persuaded that such a course would prove disastrous to the idiom of my mother tongue as well as introduce a large amount of *Gaidhlig-Ghallda*, which is already much too common. Retaining the rhythm of the original, I have sought to give Gaelic expression to the sentiments and ideas conveyed by the English verses, which I am confident is the only way of producing idiomatic Gaelic translations.

The few original songs given in this work were composed with the view of perpetuating and popularising certain melodies which were apt to pass into forgetfulness, as the words to which they were originally wedded, with the exception of the chorus, could not at the time be recovered. I am glad to observe that a few of these have since been collected and preserved by the compiler of the *Oranaiche* the best and largest collection of Gaelic songs published.

Having been frequently asked to indicate where pieces suitable for public reading at Celtic entertainments could be found, I have added a few of such, which I hope will be found suitable. Several of these are reprinted from the *Gael*, a most interesting publication, the demise of which was regretted by many who will now be glad to learn that its resuscitation is at present contemplated. I have not considered myself at liberty to alter the orthography of the writers, which is but slightly different from that which I have adopted. The Readings which bear no signature are my own.

Should this work meet with a kindly reception I may at some future time issue a collection of Gaelic Readings in Prose and Verse: meanwhile I give my brother Highlanders the CELTIC GARLAND with all confidence, knowing that in criticising it they will give FIONN "*cothrom na Feinne.*"

CONTENTS.

—o—

PART I. GAELIC-ENGLISH.

PART II. ENGLISH-GAELIC.

Original Gaelic Poetry.

Part III. Gaelic Readings.

FIRST PART.

——:o:——

GAELIC—ENGLISH.

AN RIBHINN DONN.

Le Aonghas Mac-an-t-Saoir.

O,'s rùnach leam mo rìbhinn donn
  'S a' ghleann taobh thall nam fuar-bheann—
'S an fheasgar chiùin théid mi le m' rùn
  Gu doire dlùth nam fuaran.

Mo sheang-choin-seilg tha 'n garbhlach fhiadh,
  'S mo chridhe cian tha 'n còmhnuidh,
'S a' ghleann 's an éisd mo Mhàiri ghrinn
  Ri ceilear binn na smeòraich.

Tha eòin an t-sléibh air sgéith mu 'n cuairt,
  'S cha dùisg iad fuaim mo làmhaich,
'Us mis' am pràmh an sgàth nam bruach,
  'S mo smuain mu 'n ghruagaich ghràdhaich.

'S i 's aotruim' ceum 's a's deàrsaich' sùil,
  'S a gàir' tha ciùin 'us caoimhneil,
'S a guth tha dhòmhs' mar shòlas ciùil
  'S mi falbh nan stùchd 's an oidhche.

'S e 'caoin-fhalt fàinneach 's àillidh sgèimh,
  'S a bràighe 's glé-gheal, bòidhche,
Fo ósna 'cléibh ag éiridh sèimh,
  Mar fhaoilinn bhàin air Lòchaidh.

A cridhe caomhail 's aotrom sunnd,
  Mar mhang aig sùrd an réidhlean ;
Ach caomh 'us tlàth mar bhlàth fo dhriùchd,
  Am maise chiùin a' Chéitein.

Mo ribhinn ghràidh a's àillidh sgèimh
  'S tu 's araidh beus 's a's bòidhche,
'S a mhaise dh' fhàs air gràdh nan ceud
  Cha tréig thu 'n Inbhear-Lòchaidh.

THE AUBURN MAID.

I dearly love my auburn maid,
  That dwells behind the mountain,
At eve I'll meet her in the glade,
  To roam by dell and fountain.

Though here, with hounds, I chase the deer,
  Where streamlets bright meander,
To yonder glen, where dwells my dear,
  My thought will ever wander.

The birds that round about me fly,
  Pour forth their notes of gladness ;
While here alone I sit and sigh
  In sorrow and in sadness.

Her step is light, her eye is bright,
  Her smile is sweet and tender ;
Her voice, like music in the night,
  Oft cheers me to remember.

Her hair around her shoulders flows,
  With graceful waving motion ;
Her snow-white bosom heaving goes,
  Like sea-gull on the ocean.

Her heart, though light, is ever true,
  Of Nature's own adorning ;
Her lips like roses wet with dew,
  Upon a summer morning.

By all, thy beauty is confessed,
  In form thou'rt like a fairy,
Were I of all the world possessed,
  I would not leave my Mary.

Ged gheibhinn lù-chuirt 's crùn an Rìgh
    A t-iùnais dhìobrainn còir orr' :
'S mo bhean 's mo bhan-righ bheirinn i
    Gu tuine 'n tìr nam mòr-bheann.

MO RUN GEAL, DILEAS.*

Mo rùn geal, dìleas, dìleas, dìleas,
    Mo rùn geal, dìleas, nach till thu nall ?
Cha till mi féin riut, a ghaoil cha 'n fhaod mi ;
    Ochòin a ghaoil 's ann tha mise tinn.

Is truagh nach robh mi an riochd na faoilinn
    A shnàmhadh aotrom air bhàrr nan tonn ;
'Us bheirinn sgrìobag do 'n eilean Ileach,
    Far bheil an rìbhinn dh' fhàg m' inntinn trom.

Is truagh nach robh mi 's mo rogha céile,
    Air mullach shléibhte nam beanntan mòr,
'S gun bhi ga 'r n-éisdeachd ach eòin na speura,
    'S gu 'n tugainn fhéin di na ceudan pòg !

Thug mi còrr agus naoi miosan,
    Anns na h-Innsean a b' fhaide thall ;
'S bean bòidh'cheadh d' aodainn cha robh ri
        fhaotainn
    'S ged gheobhainn saoghal cha 'n fhanainn ann.

Thug mi mios ann am fiabhrus claoidhte,
    Gun dùil rium oidhche gu'm bithinn beò ;
B'e fàth mo smaointean a là 's a dh-oidhche,
    Gu 'm faighinn faochadh 'us tu bhi 'm chòir.

---

* See Note *(a)* in Appendix.

Though I a palace did receive,
　And were with riches laden—
I'd have thee for my queen, believe,
　My own sweet Auburn Maiden.

MY FAITHFUL FAIR ONE.

My faithful fair one, my own, my rare one,
　Return my fair one, O, hear my cry !
For thee, my maiden, I'm sorrow laden :
　Without my fair one I'll pine and die !

O, could I be love, in form of sea-gull,
　That sails so freely across the sea ;
I'd visit Islay, for there abiding,
　Is that sweet kind one I pine to see.

O, could we wander where streams meander,
　I'd ask no grandeur from foreign clime ;
Where birds would cheer us, and none would
　　　hear us.
　I'd kiss my dear one and call her mine.

In foreign regions I lived a season,
　And none could see there with thee to vie :
Thy form so slender, thy words so tender,
　I will remember until I die.

In fevered anguish, when left to languish,
　No human language my thoughts could tell,
I thought, my dearie, if thou wert near me
　　To soothe and cheer me, I'd soon be well,

Cha bhi mi 'stri̇̀th ris a' chraoibh nach lùb leam,
  Ged chinneadh ùbhlan air bhàrr gach géig ;
Mo shoraidh slàn leat ma rinn thu m' fhàgail,
  Cha tàinig tràigh gun mhuir-làn 'n a déigh.

NIGHEAN BHAN GHRULAINN.

Thug mi rùn, 's chuir mi ùigh
  'S an te ùir a dh' fhàs tlà ;
Maighdean chiùin dh' an tig gùn,
  Cha b'e 'n t-ioghnadh leam d' fhàilt'.

'S ann an Grùlainn fo 'n Sgùrr
  Tha mo rùn 'gabhail tàimh ;
Maighdean ùr a tha ciùin,
  'S i mo rùn-sa thar chàich.
      Thug mi rùn, etc.

Gu'n do bhruadair mi 'n raoir
  A bhi 'd chaoimhneas a ghràidh,
'S 'n uair a dhùisg mi á m' shuain
  B'fhada bhuam thu air sàil'.
      Thug mi rùn, etc.

Tha do shlios mar chanach lòin
  No mar eala òig air tràigh ;
Gruaidh a's deirge na 'n ròs,
  Beul a's bòidhche 'ni gàir'.
      Thug mi rùn, etc.

I wont contend with a tree that bends not,
  Though on its tendrils rich fruit should grow;
If thou forsake me I wont upbraid thee,—
  The greatest ebb tide brings fullest flow.

THE FAIR MAID OF GRULAIN.

I have loved thee my maid,
  With a love that's sincere;
Dressed in grandeur so rare,
  I would welcome my dear.

'T was at Grulain near Sgùr
  That my fair one was born,
I have loved her for years
  And her absence I mourn.
    I have loved thee, etc.

Yester-night in a dream,
  I held converse with thee;
When at morn I awoke
  Thou wert far o'er the sea.
    I have loved thee, etc.

Cannach white is thy breast,
  Pure as swan on the shore;
Cheeks that vie with the rose,
  Thy sweet smiles I adore.
    I have loved thee, etc.

Pearsa dhìreach gun chearb,
   Aghaidh mheanbh-dhearg a ghràidh ;
Mar ghath gréine 's an fhairg'
   Tha do dhealbh a measg chàich.
      Thug mi rùn, etc.

Dosan lìobharra réidh
   'S e gu h-éibhinn a' fàs ;
Tha e sìos ort na 'chléit
   'S air gach té bheir thu bàrr.
      Thug mi rùn, etc.

'N uair a rachainn-sa gu féill
   Bu leat fhéin seud no dhà ;
'S bhiodh tu cinnteach á gùn
   As na bùithean a b'fheàrr
      Thug mi rùn, etc.

Ged bu leamsa le còir
   Na tha dh'òr anns a' Spàinnt,
Liubhrainn bhuam e le deòin
   Airson pòig bho 'n té bhàin.
      Thug mi rùn, etc.

Dh'aindeoin tuaileas luchd-bhreug
   Tha gach céill riut a' fàs,
Tha thu firinneach réidh
   Bho'n là 'cheum thu air làr.
      Thug mi rùn, etc.

Pure and faultless thy mould,
  Oh thy form is divine !
Thou art brighter by far
  Than the sunbeams that shine.
    I have loved thee, etc.

Round the shoulders are seen
  Golden ringlets in play ;
As they shine in the sun,
  Who the like can display !
    I have loved thee, etc,

When to market I've gone
  I would mind thee when there ;
And would bring to my love
  Something handsome and rare.
    I have loved thee, etc.

Though the wealth of a king
  At my feet now were laid,
I would part with it all
  For one kiss from the maid.
    I have loved thee, etc.

Heed not slander and lies
  From the foes that upbraid,
I have found thee sincere
  O my sweet Grulain maid !
    I have loved thee, etc,

A' CHUAIRT-SHAMHRAIDH.

Hug óro, mo leannan,
  Thig mar-rium air chuairt
Do dh-ùr-choill' a' bharraich
  'S an tathaich a' chuach ;
Hug óro, mo leannan,
  Thig mar-rium air chuairt.

Tha gruaman a' Gheamhraidh
Air fàgail nam beannta,
'S e 'sruth anns gach alltan
  'Na dean ruith a nuas.
            Hug &c.

Tha aodann nan sléibhtean
A' dèarrsadh gu ceutach ;
'S na lusana peucach
  Ag éirigh le buaidh.
            Hug, &c.

Tha Samhradh an òr-chuil
A' riaghladh le mòr-chuis,
'S an saoghal ri sòlas
  Gu 'n d' fhògair e 'm fuachd.
            Hug, &c.

Na h-eòin 's iad ri coireal
Feadh ghrianan na coille.
'S na sòbhraichean soilleir
  'Cur loinn' air gach bruaich.
            Hug, &c.

Tha 'ghrian feadh nan glacagan
Gormanach, fasgach,
'S gu 'm b'aoibhinn bhi leatsa,
  A' dearc' air an snuadh !
            Hug, &c.

THE SUMMER RAMBLE.

Oh come now my darling
   Alone let us stray,
For the notes of the cuckoo
   Are heard from the spray ;
Oh come then my darling,
   No longer delay ?

The bright sun from heaven
The winter has driven,
And freedom's been given
   The streamlets to play.
       Oh come now, &c.

The hills are resuming
Their beauty, and blooming,
With flowers perfuming
   The glad summer day.
       Oh come now, &c.

Dark winter is waning,
Bright summer is reigning,
The world is regaining
   Its beauty in May.
       Oh come now, &c.

The wild woods are ringing
With birds sweetly singing,
Where dew-drops are clinging
   To flowret and spray.
       Oh come now, &c.

The sunshine entrances
My heart when it dances,
And glimmers and glances,
   Through greenwood so gay.
       Oh come now, &c.

'S do shnuadh féin cho greanmhor
Ri gàire an t-Samhraidh
Feadh fhlùran a' dannsadh
   'S na gleannta mu 'n cuairt !
      Hug, &c.

O ! tiugainn, a leannain,
Do choille nam meangan,
'S gu 'n ùraich sinn gealladh
   'Bhi tairis gu buan.
      Hug, &c,

OIGH CHILL-IAIN.

LE IAIN MAC-A'-CHLEIRICH.

Mo rùn air an oigh ud
   Tha chòmhnuidh 'n Cilliain,
Bho 'n fhuair mi ort eòlas
   'S tu òg bhean mo mhiann,
Mur faigh mi nis còir ort
   Le pòsadh a chiall,
Bidh mise na 'm fhògarach
   Brònach a' triall,

Their cuid rium gu spòrsail
   Gur gòrach mo smaoin,
'Us géill thoirt do 'n òg-bhean,
   Gur dòigh e ro fhaoin ;
Na'm meallainn-sa sòlas
   Mar 's còir do gach aon,
Mi 'sheachnadh na h-òigh ud,
   A còmhradh 's a gaol.

Though sweet be the flowers,
Refreshed by the showers,
In yonder green bowers
    Thou'rt fairer than they.
        Oh come now, &c.

Where ring-doves are cooing
Come list to my wooing,
My love-vows renewing—
    To bind me for aye.
        Oh come now, &c.

THE MAID OF CILLIAN.

O bear ye my love,
    To the maid of Cillian,
The prettiest maiden
    I ever have seen ;
If I may not woo her
    And claim her as mine,
I'll wander dejected,
    In sorrow I'll pine.

They tell me 'tis folly
    For me to aspire
To the hand of that maiden
    I fondly admire,
If I would be happy
    And cheerful as they,
All thoughts of that fair one
    To banish for aye.

Ach có 'bheir air grian
   Gun dol siar anns an là,
No 'r fairge nan liath-shruth
   Gun iarraidh gu tràigh ;
Ri brùthach có stiùras
   Abhainnn Dù'lais gu bràth
'Us có e le dùrachd
   A mhùchas an gràdh !

Ach O, 's ann tha 'n gaol
   Do gach neach tha fo nèamh,
Mar shnothach do 'n chraoibhe
   'S e sgaoileadh gu sèamh ;
Ma bhacas tu 'dhìreadh,
   No spìonas tu 'fhreumh ;
Cha 'n fhàg thu da rìreadh
   Ach crìonach gun sgèimh.

Cha 'n e gorm shùilean àillidh,
   No bàn mhuineal mìn,
No beul 'o 'm binn gàire
   A thàlaidh riut mi ;
Ach maitheas 'bha ghnàth leat,
   'Us àrdan neo-chlì,
An caoimhneas bha 'd' nàdur,
   'S am blàths a bha 'd' chrìdh.'

————

But the sun in its motion
  No voice will obey,
And the waves of the ocean
  No mortal can stay,
As the flow of the river
  Can never be stayed
So nothing will vanquish
  My love for the maid.

For Oh, what is love
  But like sap to the tree,
Giving beauty and grace
  That are charming to see ;
If the root you destroy
  Or the sap you restrain,
Then quickly 't will wither
  Nor flourish again.

It was not thine eyes, love,
  Though charming they be ;
Nor thy voice, tho' the sweetest,
  That drew me to thee ;
'Twas the meekness and modesty
  In thee combined,—
The charm of thy nature,
  A heart that is kind.

C'AITE 'N CAIDIL AN RIBHINN? *

Seisd.—C'àite 'n caidil an ribhinn an nochd,
 O, c'àite 'n caidil an rìbhinn?
 Far an caidil luaidh mo chridh'
 Is truagh nach robh mi féin ann!

Tha 'ghaoth a séideadh oirn' o'n deas,
 'S tha mise deas gu seòladh,
'S nan robh thu leam air bhàrr nan stuagh
 A luaidh cha bhithinn brònach,

Bha mi deas is bha mi tuath,
 'S gu tric air chuairt 's na h-Innsean
'S bean-t-aogais riamh cha d'fhuair mi ann,
 No samhladh do mo nìgh'naig.

'S ann ort féin a dh'fhàs a ghruag,
 Tha bachlach, dualach, rìomhach,
Fiamh an òir a's bòidhche snuagh
 'S e dol na dhuail 's na cìrean.

Cha tog fiodhall, 's cha tog òran,
 'S cha tog ceòl na pìoba,
No nìgh'nag òg le cainnt a beòil
 Am bròn 'tha 'n diugh air m' inntinn.

'S e dh'iarruinn riochd na h-eala bhàin
 A shnàmhas thair a' chaolais,—
'Us rachainn féin troimh thonnaibh breun
 A chuir an géill mo ghaol dhuit.

Tha nis gach nì a réir mo dheòin,
 Gach achfhuinn 's seòl mar dh'iarruinn,
'S gun mhaille théid mi air a tòir,
 'Us pòsaidh mi mo nigh'nag.

---

* See Note (b) in Appendix.

O! WHERE ART THOU, MY DEARIE?

CHORUS.—Oh, where art thou, my love to-night?
Where sleepest thou, my dearie?
Where'er thou art, my lady bright,
O, would that I were near thee!

My ship is floating on the tide,
And prosperous winds are blowing,
If thou wert only by my side
My tears would not be flowing.

I long have braved the stormy sea
To distant lands oft sailing,—
No maiden have I seen like thee;
Thine absence I'm bewailing.

How fair thy locks are to behold,
When in the sunbeams shining;
In colour they will vie with gold,
That oft has stood refining.

In song or dance I take no part,
And music cannot cheer me;
No maiden's smile can raise my heart,
Since absent from my dearie.

If, like the swan, I now could sail
Across the trackless ocean;
Ere break of day my love I'd hail,
And prove my heart's devotion.

My sails are set, blow breezes blow!
All thoughts of danger scorning,—
Where dwells my love I'll quickly go,
And wed her in the morning.

c

EILEAN AN FHRAOICH.

LE MURACHADH MACLEÒID.

A chiall nach mise
  'Bha 'n Eilean an Fhraoich !
Nam fiadh, nam bradan,
  Nam feadag, 's nan naosg !
Nan lochan, nan òban,
  Nan òsan 's nan caol—
Eilean innis nam bò,
  'S àite-còmhnuidh nan laoch !

Tha Leòghas bheag riabhach,
  Bha i riamh 's an Taobh Tuath,—
Muir tràghaidh 'us lìonaidh
  'G a h-iadhadh mu 'n cuairt ;
'N uair a dheàrrsas a' ghrian oirr'
  Le riaghladh o shuas
Bheir i fàs air gach sìol
  Airson biadh dha an t-sluagh.

An t-Eilean ro mhaiseach,
  Gur pailt ann am biadh ;
'S e Eilean a's àillt' air 'n
  Do dhealraich a' ghrian ;
'S e Eilean mo ghràidh-s' e,
  Bha 'Ghàidhlig ann riamh ;
'S cha 'n fhalbh i gu bràth
  Gus an tràigh an Cuan Siar !

'N àm éiridh na gréine
  Air a shléibhtibh bidh ceò,
Bidh a' bhanarach ghuanach
  'S a' bhuarach 'n a dòrn

THE ISLE OF THE HEATHER.

I wish I were now
   In the isle I adore,
The Isle of the Heather,
   A-chasing the roe,
With deer in the mountains
   And fish in its rills ;
Where heroes have lived
   Among its heath-covered hills.

The Island of Lewis
   Stands now as of yore,
With the brine of the ocean
   Encircling its shore :
The warmth of its summer
   Makes all things to grow,
Till store house and barn
   With abundance o'er flow.

This dearest of Isles
   Is so fertile and fair ;
That no other island
   May with it compare :
Here Gaelic was spoken
   In ages gone by,
And here it will live
   Till the ccean runs dry.

At dawning of day
   When there's mist on the hill
The milk-maids go skipping
   By fountain and rill,

Ri gabhail a duanaig
   'S i cuallach nam bò
'S mac-talla nan creag
   Ri toirt freagairt d' a ceòl.

Air fheasgair an t-Samhraidh
   Bidh sunnd air gach spréidh ;
Bidh a' chuthag is fonn oirr'
   Ri òran di féin ;
Bidh uiseag air lòn
   Agus smeòrach air géig,
'S air cnuic ghlas' 'us leòidean
   Uain òga ri leum.

Gach duine 'bha riamh ann
   Bha ciatamh ac' dha,
Gach ainmhidh air sliabh ann,
   Cha 'n iarr as gu bràth ;
Gach eun 'théid air sgiath ann
   Bu mhiann leis ann tàmh ;
'S bu mhiann le gach iasg
   A bhi 'cliathadh ri 'thràigh.

Nam faighinn mo dhùrachd
   'S e 'lùiginn bhi òg,
'S gun ghnothach aig aois rium
   Fhad 's a dh' fhaodainn bhi beò,
Bhi 'n am bhuachaill' air àiridh
   Fo shàil nam beann mòr'
Far am faighinn an càis'
   'S bainne blàth airson òil.

When milking their cattle,
　They raise a sweet song,
And softly the echoes
　The chorus prolong.

The notes of the cuckoo
　Are welcomed in May,
And the blackbird sings blithe,
　'Mong the sweet-scented spray ;
The lark and the mavis
　Pour forth their sweet lay,
While the lambs in the meadows
　Are sprightly at play.

The man who is born
　In this Isle of the main
Would not leave it for honour,
　For title, or gain ;
The birds here that wander,
　They leave it no more,
And the fish of the sea
　Linger close by its shore.

Could I get my wish,
　And be once more a boy,
I'd thither return
　And its pleasures enjoy,
A shepherd, to wander
　O'er heather-clad hills,
And drink a cool draught
　From its bright mountain rills.

Cha 'n fhacas air talamh
    Leam sealladh a's bòidch'
Na 'ghrian a' dol sios
    Air taobh siar Eilean Leòghas ;
'N crodh-laoidh anns an luachair,
    'S am buachaill' 'n an tòir,
'G an tional gu àiridh
    Le àl do laoidh òg'.

Air feasgar a' Gheamhraidh
    Théid tionndadh gu gnìomh
Ri toirt eòlais do chloinn
    Bidh gach seann duine liath ;
Gach iasgair le 'shnàthaid
    Ri càradh a lìon,
Gach nighean ri càrdadh
    'S a màthair ri snìomh.

B'e mo mhiann bhi 's na badan
    'S 'na chleachd mi bhi òg,
Ri dìreadh nan creag
    Anns an neadaich na h-eòin ;
O'n thàinig mi 'Ghlaschu
    Tha m' aigneadh fo bhròn,
'S mi call mo chuidh claistneachd
    Le glagrich nan òrd.

CUMHA AN T-SEANA GHAIDHEIL

Le Niall Mac-Leoid.

Tha sgiathan na h-oidhche
    Ga 'n sgaoileadh a nall,
'S an ceò air a lùbadh
    Mu stùcan nam beann ;

There ne'er was a picture
  More lovely to see,
Than the sun as he sinks
  In the blue western sea ;
When homeward the cattle
  Are wending their way,
And all things are still,
  At the close of the day.

In the long winter evenings
  We sit by the fire,
And the children are taught
  By their hoary-haired sire,
A story is told, as
  Our fish nets we darn,
While the maidens, with distaff,
  Are spinning the yarn.

If I had my wish
  I would sail o'er the main,
And return to the Isle
  Of the Heather again ;
Since coming to Glasgow
  I've always been sad,
And the clanging of hammers
  Is driving me mad.

THE DESERTED GAEL'S LAMENT.

The darkness descends
  From the wings of the night,
And the mist is encircling
  The steep mountain height ;

Tha deòir air mo shùil-sa
  'S gun m'aigne ach fann,
Air m' fhàgail am aonar
  A' caoineadh 's a' ghleann.

Tha eunlaith nan geugan
  A' gleusadh an rann,
'S a' leumnaich le sòlas.
  'S ri ceòl feadh nan crann ;
Tha 'n àlach mu 'n cuairt daibh
  Gu h-uallach a' danns',
Ach àlach mo ghaoil-sa,
  Gach aon diubh air chall !

Tha mo chiabhagan tana,
  'S tha claisean 'am ghruaidh,
Oir tha céile mo ghràidh-sa
  'N a sìneadh 's an uaigh,
Agus triùir dhe mo phàisdean
  Bu bhlàthmhoire greann,
'N an sìneadh fo leacan
  A' chlachain ud thall.

Ged tha eòin bheag a' Chéitein
  A' tréigsinn nan tom,
'N uair a chòmhdaicheas reòdhtachd
  'Us dòruinn am fonn,
Bheir Samhradh mu 'n cuairt iad
  Gu bruachaibh nan allt,—
Ach càirdean mo ghaoil-sa
  Cha taobh iad an gleann.

The friends of my childhood
  Have from me been torn ;
Alone in this valley
  They've left me to mourn.

The birds 'mong the branches
  Are singing their lay,
And leaping with joy
  'Mong the sweet-scented spray ;
Their offspring around them
  Are happy and gay,
But mine, have, by death,
  All been taken away.

My brow now is furrowed
  And shaded with gloom,
For my help-mate once cheerful,
  Is laid in the tomb ;
And three little children,
  Our joy and reward,—
Now sleep in the churchyard
  Beneath the green sward.

When Winter, stern tyrant,
  Makes all things look bare,
To a kindlier climate
  The songsters repair ;
Returning when Summer
  Decks valley and lea,—
No seasons can e'er bring
  My friends back to me !

Tha na fàrdaichean blàth
  A bha 'g àrach nan sonn,
Bu shuilbhire gàire
  'S bu bhàigheile com,
Far am b' fhàbharach càirdeas
  Do 'n ànrachan lom,
'N an làraichean fàsail
  Air cnàmh gus am bonn.

Cha 'n fhaicear am buachaill'
  A' ruagail mu 'n chrò,
No banarach ghuanach,
  Le buarach 'n a dòrn ;
Bu bhinn leam a duanagan
  Uallach, gun ghò,
Le cuailein m'a guaillibh
  Mar dhualaibh de 'n òr.

Cha 'n 'eil clàrsach no seannsair
  Ga 'r dùsgadh le ceòl,
'S tha mactalla 'na shuain ann
  An uaimhibh nam fròg ;
'S na laoich a bha lùghor
  Mu stùcan a' cheò,
Rinn fòirneart an sgiùrsadh
  Bho dhùthaich an òig'.

Ach sìth do na dh'fhalbh
  Agus buaidh leis na seòid !
Tha m' fheasgar-s' air ciaradh
  'S mo ghrian fo na neòil ;
Cha 'n fhad' gus an crionar
  Mo chiabhan fo 'n fhòid,
Far an caisgear gach pian,
  'S an téid crioch air gach bròn.

The homes of our fathers
  Are bleak and decayed,
And cold is the hearth
  Where in childhood we played ;
Where the hungry was fed
  And the weary found rest ;
The fox has his lair,
  And the owl has her nest.

No herd-boy's shrill whistle
  Is heard in the vale,
No milk-maid at gloaming
  Hies out with her pail,
Where oft I have heard
  Her sweet song to the fold—
Her rich golden ringlets
  How fair to behold !

The chanter is silent—
  No harper is found,
To waken the echoes
  From slumbers profound,
The lads once so buoyant
  In innocent mirth,
Oppression has reft
  From the land of their birth.

Success to the living
  And peace to the dead,
The gloaming of life
  Now encircles my head ;
In the grave I'll soon rest
  With the friends gone before,
Where sorrow and pain
  Shall oppress me no more.

THUG MI GAOL DO 'N T-SEOLADAIR.

Air feasgar Sàmhraidh Sàbaid dhomh
   'S mi gabhail sràid leam féin,
Na smeòraich bha gu ceilearach,
   'S iad àrd air bhàrr nan géug—
Mi cuimhneach' air an àrmunn
   Is àillidh tha fo 'n ghréin—
Nach truagh nach robh mi còmhla riut
   A' còmhradh greis leinn féin !

Bho 'n thàinig mi do 'n dùthaich so
   Gur beag mo shunnd ri ceòl,
Bho 'n dh' fhàg mi tìr nan àrd-bheann,
   Far 'n d' fhuair mi m' àrach òg ;
Far am biodh féidh 's na firichean,
   'Us bric air linne lòin,
Far 'm biodh na h-òighean uaibhreach
   'Dol do 'n bhuaile le 'n laoigh òg'.

Tha m' athair 'us mo mhàthair,
   'S mo chàirdean rium an gruaim ;
'S ann tha gach h-aon dhiubh 'g ràidhtinn—
   " Gu bràth an tig ort buaidh ?
An di-chuimhnich thu ghòraich
   Bho d' òige 'thog thu suas ?"
'S an thug mi gaol do 'n t-seòladair
   'Tha seòladh thar a' chuain !

Tha 'ànail leam cho cùbhraidh
   Ris na h-ùbhlan 's mi ga 'm buain ;
A dheud cho geal 's an ìbhri,
   A chneas mar fhaoilean cuain ;
A ghruaidhean mar an caorann,
   'S a chaol-mhala gun ghruaim—
O, thug mi gaol nach dìobair dhuit
   Gus 'n sìnear mi 's an uaigh !

1 LOVE THE SAILOR LAD.

One lovely Summer evening,
    As in the fields I strayed,
The mavis all melodious
    Among the branches played,
My thoughts were on the fairest one
    On whom the sun e'er shone,
Oh could I now but roam with thee
    Among the woods alone.

Oh, sad my lot and dreary is,
    In silence oft I mourn !
E'er since I left that lovely strath,
    And glen where I was born ;
With deer in all its mountains steep,
    Aud fish in all its rills ;
Where pretty maidens tend the calves
    That gambol by the hills.

My friends are with me angry ;
    My parents me dispise,—
They say unto me constantly,
    "Oh, wilt thou ne'er be wise ?
Forget for aye the thoughtlessness
    From youth that clung to thee,"—
Because I love the sailor boy,
    Who sails the stormy sea.

Thy breath to me more fragrant is
    Than apples ripe and rare,
Thy teeth are white as ivory,
    Thy face so sweet and fair ;
Thy cheeks will vie with rowans bright,
    Thine eyebrows free from gloom ;
Oh, I will love thee faithfully
    Till laid within the tomb !

Gur lionmhor mais' ri àireamh
   Air an àrmunn dh' fhàs gun mheang,
Gu 'n aithnichinn féin air fàircadh thu,
   'S tu àrd air bhàrr nam beann ;
Bu deas air ùrlar clàraidh thu,
   'N uair thàirneadh tu 'n tigh-dhanns'
Troigh chuimir am bròig cluaiscinich—
   'S gach gruagach ort an geall !

Thar leam gur mi bha gòrach
   'N uair a thòisich mi ri dàn ;
Cha bhàrd a dheanadh òran mi,
   'S cha chòir dhomh dol 'n a dhàil ;
Tha ni-eigin air m' inntinn-sa
   'S cha 'n fhaod mi inns' do chàch,
Gu 'n tug mi gaol do 'n t-seòladair
   Air long nam mòr chrann àrd.

Ach innsidh mise 'n fhìrinn duibh—
   Mur bheil mo bharail faoin,
Tha gaol nam fear cho caochlaideach,
   'S e 'seòladh mar a' ghaoith,
Mar dhriùchd air madainn Chéitein,
   'S mar dhealt air bhàrr an fheòir ;
Le teas na gréine éiridh e
   'S cha léir dhuinn e 's na neòil.

'S ma 's nì e nach 'eil òrdaichte,
   Gu 'n còmhlaich sinn gu bràth,
Mo dhùrachd thu bhi fallain,
   'S mo roghainn ort tharr chàich !
Ma bhrist thu 'nis na cùmhnantan
   'S nach cuimhne leat mar bha
Guidheam rogha céile dhuit
   'Us laidhe 's éirigh slàn !

Thy merits are so many, love,
   I cannot on them dwell ;
I'd know thee far on mountain heights,
   Or coming down the dell ;
When joining in the giddy dance,
   Who can with thee compare ?
Thy form and movements elegant,
   Steal hearts from ladies fair!

'Twas folly of me to begin
   In rhyme to sound thy praise ;
That I can claim no bardic fame,
   This effort now displays.
Although my heart is burdened sore,
   To few I must confide,
The love I bear the sailor brave
   Who sails the rolling tide.

The truth to you I'll now unfold,
   Oh, deem me not unkind !
The love of man unsettled is
   And restless as the wind ;
Like dew which falling in the night,
   Or at the break of day,
Will flee before the noonday glare,
   And quickly pass away.

And if stern fate has ordered so,
   That we shall meet no more,
And if by thee forgotten are
   Our vows upon the shore ;
I'll pray that health and happiness
   May ever with thee stay,—
A charming wife to comfort thee
   And cheer thee on thy way.

GU'M BI MI GA D' CHAOIDH.

Leis an Lighiche Mac Lachainn.

Ho ró gu'm bi mi
    Ga d' chaoidh ri m' bheò
Ged thréig thu mise
    Cha lugh'd orm thu ;
Na 'n tigeadh tu fhathasd
    Bu tu m' aighear 's mo rùn.
'S na 'm faighinn do litir
    Gu 'n ruiginn thu nunn.

Thoir an t-soraidh, ceud soraidh
    Thoir an t-soraidh so uam,
A nunn thun nam porta
    Thar osnaich a' chuain,
Far an d' fhag mi mo leannan
    Caol-mhala gun ghruaim,
'S gur cùbhraidh' leam d' anail
    Na 'n caineal 'ga bhuainn.

'S 'n uair ràinig mi 'n cladach
    Bha m' aigne fo phràmh
A.' cumha na maighdinn
    A's caoimhneile gràdh.
'S 'n uair ghabh mi mo chead di
    Air feasgar Di-màirt
Gu 'n deach mi 'n tigh-òsda
    A dh-òl a deoch-slàint'.

'S e so an treas turas
    Dhomh féin a bhi falbh,
A dh' ionnsaidh na luinge
    Le sgiobair gun chearb,

I'LL SORROW FOR THEE.

Thy loss, my sweet maiden,
   I'll ever to deplore,
Thou hast left me to pine
   But I love as of yore;
If thou should'st return,
   My true love thou would'st be;
Receiving thy letter,
   I'd hasten to thee.

O, bear ye my greetings
   To her that I prize,
Far over the ocean
   Between us that lies;
Her neatly-arch'd eye-brows
   Unshaded with gloom,
And breath in its fragrance
   Like roses in bloom.

When lately we parted,
   How sad the farewell,
Our words were but few,
   But our thoughts who can tell?
When lost to my vision,
   Afar on the brine,
I drank thee success
   In a goblet of wine.

Three times have I crossed
   To the ship as she lay
Becalmed on the breast
   Of the silvery bay;

Le còmhlan math ghillean
     Nach tilleadh roimh stoirm ;
'S 'na 'm biodh agam botal
     Gu 'n cosdainn sud oirbh !

Ged théid mi gu danns',
     Cha bhi sannt agam dha,
Cha 'n fhaic mi té ann
     A ni samhladh do m' ghràdh ;
'N uair dhìreas mi 'n gleann,
     Bidh mi sealltainn an àird,
Ri dùthaich nan beann,
     'S a bheil m' annsachd a' tàmh.

Bheir i bàrr air na ceudan
     An té 'tha mi 'sealg,
I'n gnùis mar an reul
     A bheir leus fad' air falbh,
Mar ròs air a' mheangan,
     Tha 'n ainnir 'n a dealbh,
'S ged sgàineadh mo chridhe,
     Cha 'n innis mi 'h-ainm.

SEONAID A' CHUIL REIDH.

SEISD.—Dh' fhàgadh mi fo bhròn
     O'n a phòs an té,
          Air an robh mi 'n tòir,
          Seònaid a' chùil réidh.

Chaidh mi 'n dé 'na còdhail,
     'S bhòidich i bhi 'm réir.
" Chaoidh nan caoidh cha phòs mi
     Oigear ach thu féin,"

My crew are the bravest
  That handle an oar,
Unawed by the tempest,
  They laugh at its roar.

No ball-room can tempt me
  Or raise my despair,
There is none in the dance
  That with thee can compare ;
When climbing the mountains
  I gaze o'er the tide,
To the land where my fair one
  Has gone to reside.

In beauty there's none
  With this maiden can vie;
She's bright as the stars
  In the blue-vaulted skye,
She's fair as the lilly
  And sweet as the rose,
But nothing can tempt me
  Her name to disclose.

JESSIE I LOVED WELL.

CHORUS.—Sad indeed am I,
      Who my grief can tell?
    For my love I sigh—
      Jessie I loved well.

Yestereve when roving
  By the river side ;
Jessie fondly told me,
  "I will be your bride,"

Ach 'n uair chaidh i dhachaidh
　(Bean na gaise bréig!)
Bhris i air a bòid,
　Chòrd i ri fear spréidh'!

'S trom a dh' fhàg i m' inntinn,
　'S fonn mo chrìdh' gun ghleus,
Chionn a' bheairt a rinn i,
　'S nach do thoill mi beud ;
Thug mi gaol mo chrìdh' dhi,
　'S dhìbhir i mo spéis ;
Bhris i air a bòid,
　'S chòrd i ri fear spréidh'!

'S gòrach fear 'bheir gaol
　Do mhnaoi a ta fo 'n ghréin,
'S iad cho carach, luaineach
　Ri gaoith-chuairt nan speur !
'S dearbh gur fior an ailis
　Air mo leannan bréig'
Bhris i air a' bòid ;
　Phòs i am fear spréidh ;

OGANACH DONN NA BAINNSE.

Ho ró ! ho ró ! gu 'n togainn ort fonn,
Gu 'n seinninn, gu 'n seinninn le ceilear neo-
　throm,
Cha cheil mi dad idir tha stigh ann am chom
　Air òganach donn na bainnse.

But my faithless charmer
  Ere the dawn of day,
To a wealthy farmer,
  Gave her heart away.

O, my heart is weary,
  Sad and full of woe;
Now my days are dreary
  Since she used me so;
Much I loved my charmer,
  But her love grew cold,
And a wealthy farmer
  Bought her heart with gold.

At my fate take warning,
  Bearing this in mind—
Woman's heart is fickle,
  Changeful as the wind.
Think upon my charmer,
  Faithless, false, and bold;
Married to a farmer,
  For his land and gold.

WILLIAM THE HUNTER.

In song I must tell you the thoughts that I
    feel,
I'll sing you a chorus and all things reveal,
I honour the lad, and I'll nothing conceal
    From him who is wedding his dearie.

Gur bòidheach an duine tha 'n Uilleam nam fiadh
A dhìreas am monadh le ghunna fo dìon,
Le gloinneachan soilleir air aghaidh mar 'mhiann,
    'S gu 'm faiceadh e crioch na Fraing' leò.

Ma phòsas tu Lìsi nam mìog-shuilean, caoin,
Gur mór do thoilinntinn gu cinnteach 's an
        t-saogh'l,
Ni bòidhche na rìbhinn do lìonadh le gaol,
    'S gu 'n cuir i gach gaoid air chall ort.

Tha daoine na 'n cabhaig 'cur tighe dhuit 'suas,
Le seòmraichean geala 's an tionail an sluagh,
Cha bhi ceann deth fo éis le gainne a' ghuail
    'S cha bhi sibh air fuachd 's a' Gheamhradh.

A' MHAIGHDEAN MHALDA.

A rìgh ! leig dhachaidh gu m' mhàthair mi,
Sguir dhiom, a shladaidh ga m' shàrachadh !
A rìgh ! leig dhachaidh gu m' mathair mi.

Cha 'n fhaigh thu bhuam pòg
Ge b' oil le do shròin ;
    Sguir, buailidh mi dòrn 's a' chàirean ort !
        A righ, &c.

Mur leig thu dhomh tàmh,
Gu 'n glaodh mi cho àrd
    'S gu 'n tig cuid de m' chàirdean 'smàlas thu.

O, William the hunter's the handsomest man,
That e'er with a gun through the heather has
      ran,
With well-focused glasses, all things he can scan,
    The west coast of France he sees clearly.

If thou wilt but marry Eliza the fair,
The pleasures of this world then quickly thou'lt
      share ;
The love of that maiden will banish all care,
    And make thee think lightly of danger.

A house for thy comfort we soon shall prepare,
To which with thy dearie thou'lt quickly repair;
Thy mansion we'll visit, its bounty to share ;
    And nothing but good shall betide thee.

———

THE COY MAIDEN.

Be quiet ! O let me away from thee,
Away, O, why are you teasing me ;
Be quiet, and let me away from thee.

You shan't have a kiss
In spite of your face,
    I'll beat you with this ; how dare you, Sir !
        Be quiet, &c.

I tell you, stand bye,
Or loudly I'll cry,
    And friends will come nigh and flay you, Sir.

Seall, shniomh thu mo dhòrn,
'Us chaill mi mo bhròg,
   'Us shrachd thu mo chòta—'s nàrach dhuit.

Nach sguir thu, 's bi falbh,—
Gur bòidheach, gu dearbh,
   Le d' obair, an dealbh a dh' fhàg thu orm ?

Sin ! bhris thu mo chìr !
Do ghonadh a' d' chrìdh' !
   Leig as mi, no chì mo bhràthair sinn.

Seall, sud Eòghan Mòr
Gu h-àrd air an tòrr !
   Dean sgur dhiom, no ìnnsidh e 'm mhàthair e.

Leig cead dhomh, 's thoir ort
Gu Seònaid nan cnoc,
   Gu bheil i fo sprochd o'n dh' fhàg thu i.

ALLT-AN-T-SIUCAIR.

Le Alastair Mac Dhomhnuill.

A' dol thar Allt-an-t-siùcair,
  'Am madainn chùbhraidh Chéit,
'Us paidirean geal dlùth-chneap,
  De 'n driùchd ghorm air an fheur ;
Bha *Richard* 's *Robin* brù-dhearg
  Ri seinn, 's fear dhiubh 'na bheus ;
'S goicmhoit air cuthaig chùl-ghuirm
  'S gugùg aic' air a' ghéig.

You've twisted my arm,
(Dont say "What's the harm?")
   I'll give the alarm and shame you, Sir.

Woe's me! what a sight
You have left me you wight,
   O, why should you fight?—go, leave me, Sir

My comb is in two,
A-striving with you,
   A kiss I shall ever refuse you, Sir.

Up yonder stands Hugh,
We are full in his view,
   He'll carry the news, I tell you, Sir.

Be off! do you hear!
To Jessie your dear,
   A kiss she will ne'er refuse you, Sir.

THE SUGAR BROOK.*

When passing o'er the Sugar Brook,
   One fragrant morn in May,
The meadows wet with dew drops,
   Shone bright at dawn of day;
The crimson-breasted Robin
   Was pouring forth his lay,
The cuckoo's note of gladness,
   Rose from the scented spray,

* See Note (c) in Appendix.

Tha 'n smeòrach cur nan smùid dhi,
  Air bacan-cùil leath' fhéin ;
An dreathan-donn gu sùrdail,
  'S a rifeid-chiùil 'na bheul ;
Am bricein-beithe 's lùb air,
  'S e gleusadh luth a theud ;
An coileach-dubh ri dùrdan,
  'S a' chearc ri tùchan réidh.

Na bric ag gearradh shùrdag,
  Ri plubhraich dhlùth le chéil',
Taobh-leumraich mear le luth-chleas,
  A burn le mùirn ri gréin ;
Ri ceapadh chuileag siùbhlach,
  Le m' bristeadh lùthmhor fhéin :
Druim lann-ghorm, 's ball-bhreac giùran,
  'S an lannair-chùil mar léig.

Burn tana, glan, gun ruadhan,
  Gun deathaich, ruaim, no ceò,
Bheir anam-fàis 'us gluasaid
  D' a chluaineagan mu 'bhòrd.
Gaoir bheachan buidhe 's ruadha,
  Ri diogaladh cluaran òir ;
'S cir-mheala 'g a cur suas leò
  'N céir chuachagan 'n an stòir.

Gur sòlas an ceòl-cluaise,
  Ard-bhàirich buair mu d' chrò ;
Laoigh chean-fhionn, bhreac, 'us ruadha,
  Ri freagradh nuallan bhò ;
A' bhanarach le buaraich,
  'S am buachaill' dol 'n an còir,
Gu bleoghann a' chruidh ghuaillfhinn
  Air cuaich a thogas cròic.

The mavis warbles loudly
  From yonder leafy tree,
The wren now joins the chorus,
  And chirps aloud with glee;
The linnet is preparing
  Her cheerfulness to show,
While black-cocks greet their partners
  With cooing soft and low.

Thy limpid waters laving
  Rich banks of bonny green,
Where in his golden splendour
  The salmon oft is seen;
He leaps in all his glory
  To catch the flies at play,
And lashes with his playing
  Thy waters into spray.

Thy crystal stream goes flowing
  Through many a grassy lea,
Supplying sap and fragrance
  To every herb and tree;
The honey-bee is roaming
  In yonder flowery dell,
The nectar from thy roses
  He stores within his cell.

How pleasant is the lowing
  Of cattle by the fold,
Their calves around them playing
  How pleasant to behold!
The milk-maid sings her chorus
  To cattle in the dale,
While they to overflowing
  Soon fill the milking-pail.

O! TILL, A LEANNAIN!

LE EOGHAN MAC COLLA.

O ! till, a leannain, O, till ! O, till !
O ! till, a leannain, O, till ! O, till !
    Dean cabhaig a Mhali,
    Bho dhùthaich nan Gallach,
No théid mi le h-aimheal do 'n chill, do 'n chill.

O thus' a gheibh sealladh do m' ghaol, do m' ghaol.
Thoir fios dhi gu'n robh i dhomh féin, dhomh féin,
    Mar chridhe do 'm bhroilleach,
    Mar iùl-chairt do 'n mharaich',
Mar ait-ghréin an Earraich do'n t-saogh'l, do'n
    t-saogh'l.

O, c' àite 'm bheil coimeas do m' luaidh, do m'
    luaidh ?
Mar ròs air uchd eala tha 'gruaidh, tha 'gruaidh;
    Clàr aghaidh a's gile,
    Na 'm bainne 'g a shileadh,
No ghrian 's i gu laidhe 's a' chuan, 's a' chuan.

Nam faiceadh tu 'pearsa gun mheang, gun
    mheang—
Nan cluinneadh tu 'labhairt gun sgraing, gun
    sgraing—
    Nam biodh tu le m' chruinneig
    'N am togail nan luinneag,
Gu 'n lasadh do chridhe gun taing, gun taing.

Mo chridhe-sa! 's tusa 'bhios truagh, 'bhios truagh,
Mar pill is' 'thog oirre gu Cluaidh, gu Cluaidh:—
    Gu 'm b'fheàrr na bhi maille
    Ri té eil' air thalamh,
'Bhi sìnte ri m' Mhali 's an uaigh, 's an uaigh !

RETURN, MY DARLING!

Return, my darling, return, return!
Return, my darling, return, return!
　　O! haste thee, my fair one,
　　Return now, my rare one,
Nor leave me thus daily to mourn, to mourn.

If ever my loved one you see, you see,
O tell her that she was to me, to me,
　　A chart for life's ocean,
　　A heart for each motion,
My sun and my portion was she, was she.

O what with my love may compare, compare,
Not the swan or the rose is so fair, so fair,
　　Much whiter I trow,
　　Than snow is her brow,
Or the sun setting low, so fair, so fair.

If you on my dear one should gaze, should gaze,
If you were to hear what she says, she says,
　　If you heard my pretty
　　One singing her ditty,
Your bosom would get in a blaze, a blaze.

But if she forsake me, my gloom, my gloom,
All pleasure and strength shall consume, con-
　　sume,
　　And rather than stray,
　　With another away,
I would lie with my May in the tomb, the tomb.

GILLE MO LUAIDH.

Le Iain Caimbeul 's an Leideig.

Seinnidh mi duan do ghille mo luaidh,
  A thàinig mu 'n cuairt an dé ;
Bu bhlàth leam a shùil, a's b'aoidheil a ghnùis,
  Mo rùn e am measg nan ceud.

Ged tha thu 's an tìom glé fhada bho 'n tìr,
  'S am b' àbhaist do d' shinnsear 'bhi tàmh ;
Tha 'n Gàidheal ad chrìdh' 's cha ghabh e cur sìos,
  Le nì sam bith ach am bàs.

'S ann an Apuinn nan stuadh a thuinnich do
    shluagh,
  Na Stiùbhartaich uasal, àrd ;
'S ann doibh a bu dual 'bhi colgarra cruaidh,
  Is iad nach tilleadh 's a' chàs.

Ged sgaipte 's an uair na failleinean uain',
  A thàinig bho shluagh nam beann ;
Tha 'n spiorad mar bha, 'us bithidh gu bràth,
  A' ruith anns gach àl do'n clann.

Gach lusan do'n fhraoch tha sgaipte 's an t-saoghal,
  'N uair ruigeas e taobh nam beann ;
Tha smuaintean a chrìdh' a' tilleadh gun strì,
  A dh' ionnsaidh na tìom a bh' ann.

Mo chead leat an dràsd', O, 'ille mo ghraidh !
  'Us till ruinn gun dàil mu thuath ;
'S gu 'n cuir sinn ort fàilt' le furan 'us àigh,
  'S le cridheachan blàth' 'g a luaidh.

THE LAD I LOVE WELL.*

My Harp to me bring, of my love I will sing
  Who yesterday came me to see;
With countenance bright, his eyes flash with
      light—
  My choice among thousands is he.

Tho' distant retired from the land of thy sires,
  Where they lived in the brave days of old,
The Gael from thy heart shall never depart,
  Till silent, and laid in the mould.

From Appin they came—in history famed—
  The Stewarts of high pedigree;
Courageous and bold when facing the foe,
  They never were known to flee.

Though scattered have been the branches so
      green,
  Brave sons of the mountains wild!
The spirit remains for ever the same,
  Descending from parent to child.

Each sprig of green heather, that long has been
      severed
On reaching the mountain so green,
His spirit revives, in the land of his sires,
  As he thinks of the days that have been.

I must now bid farewell to the lad I love well,
  Come back to us soon to the North;
Here a welcome thou'lt find, both hearty and
      kind,
  From hearts overflowing with mirth.

---

* J. M. LOUDON, Esq., of Clonyards.

FIOS THUN A' BHAIRD.

Le Uilleam Mac Dunleibhe.

Tha 'mhaduinn soilleir, grianach,
  'S a' ghaoth 'n iar a' ruith gu réidh,
Tha 'n linne sleamhuinn sìochail,
  O 'n a chiùinich strì nan speur.
Tha 'n long na h-éideadh sgiamhach,
  'S cha chuir sgios i 'dh' iarraidh tàmh,
Mar a fhuair 's a chunnaic mise,
  'Toirt an fhios so thun a' Bhàird.
    Thoir am fios so thun a' Bhàird,
    Thoir am fios so thun a' Bhàird,
Mar a fhuair 's a chunnaic mise,
    Thoir am fios so thun a' Bhàird.

So crùnadh mais' a' mhios',
  'S an téid do 'n dìthreadh treudan bhò,
Do ghliun nan lagan uaigneach,
  Anns nach cuir 's nach buainear pòr,
Leab-innse buar nan geum,
  Cha robh mo roinn diubh 'n dé le càch
Mar a fhuair 's a chunnaic mise,
    Thoir am fios so thun a' Bhàird.

Tha mìltean spréidh air faichean,
  'S caoirich gheal air creachain fhraoich,
'S na féidh air stùcan fàsail,
  Far nach truaillear làr na gaoith,
An sìolach fiadhaich, neartmhor,
  Fliuch le dealt na h-oiteig thlàth,
Mar a fhuair 's a chunnaic mise,
    Thoir am fios so thun a' Bhàird.

TIDINGS TO THE BARD.*

The morning 's fair and sunny,
  The west wind softly blows,
O'er a smooth and peaceful haven
  Since the skiey strifes repose,
The gay-clothed ships are sailing
  Which no weariness retard ;
What I hear and see around me
  Bear as tidings to the Bard.
    Tell the tidings to the Bard,
    Tell the tidings to the Bard.
All I hear and see around me
  Bring as tidings to the Bard.

Beneath the month's bright coronet
  The lowing herds now go
To glens and lonely valleys,
  Where no crop can ever grow ;
But my kine have left the meadows,
  And my calves the grassy sward ;
All I hear and see around me
  Bring as tidings to the Bard.

While cattle spot the valleys
  And sheep the heather braes
The wild deer deck the high wastes
  Where the breeze still keenly strays,
Their herd in early morning
  Proudly tread the mountains hard,
What I hear and see around me
  Bring as tidings to the Bard.

---

* See Note *(d)* in Appendix.

Tha'n còmhnard 's coirean garbhlaich,
   Còrs' na fairg' 's gach gràinnseach réidh,
Le buaidhean blàthas na h-iarmailt,
   Mar a dh' iarramaid gu léir,
Tha 'n t-seamair thiadhain 's neòinein,
   Air na lòintean feòir fo'm blàth,
Mar a fhuair 's a chunnaic mise,
   Thoir am fios so thun a' Bhàird.

Na caochain fhìor-uisg' luath,
   A' tighinn a nuas o chùl nam màm,
Bho lochain ghlan gun ruadhan,
   Air na cruachan fad' o'n tràigh,
Far an òl am fiadh a phailteas,
   'S bòidheach ealtan lach 'gan snàmh,
Mar a fhuair 's a chunnaic mise,
   Thoir am fios so thun a' Bhaird.

Tha Bogha-mòr an t-sàile,
   Mar a bha le reachd bith-bhuan,
Am mòrachd maise nàduir,
   'S a cheann-àrd ri tuinn a' chuain,
A riombal geal seachd mìle,
   Gainmhean sìobt' o bheul an làin,
Mar a fhuair 's a chunnaic mise,
   Thoir am fios so thun a' Bhàird.

Na dùilean, stéidh na cruitheachd,
   Blàthas 'us sruithean 's anail neul,
Ag altrom lusan ùrail,
   Air an luidh an driùchd gu sèimh,
'Nuair a thuiteas sgàil na h-oidhche,
   Mar gu'm b'ann a' caoidh na bha,
Mar a fhuair 's a chunnaic mise,
   Thoir am fios so thun a' Bhàird.

The meadows and the mountains,
　The ploughland by the sea,
Are, under Heaven's good blessing
　As we'd wish them all te be,
The clover and the daisy
　Bedeck the dewy sward,
What I hear and see around me
　Bring as tidings to the Bard.

The clear and gurgling streamlets
　Gaily, down the hill-side play,
And leave their rock-girt lakelots
　Far retired from surging bay,
There the deer can drink in plenty,
　And the wild duck chase the pard,
What I hear and see around me
　Bring as tidings to the Bard.

Bowmore, with ages hoary
　Crowns the seaside, bold and brave,
Ever decked in charms of nature
　Fearlessly it meets the wave.
Standing mid its sandy circlet
　Like a sentinal on guard,—
What I hear and see around me
　Bring as tidings to the Bard,

The ever changing elements,
　Bright streams and balmy sky,
The tender flowerets nurture,
　Where the gentle zephers sigh,
All lulled to sleep at gloaming
　With the dew drops for reward,
What I hear and see around me
　Bring as tidings to the Bard.

Ged a roinneas gathan gréine,
  Tlus nan speur ri blàth nan lòn,
'S ged a chithear spréidh air àiridh,
  'Us buailtean làn de dh-àlach bhò.
Tha ILE 'n diugh gun daoine,
  Chuir a' chaor' a bailtean fàs,
Mar a fhuair 's a chunnaic mise,
  Thoir am fios so thun a' Bhàird.

Ged 'thig ànrach aineoil,
  Gus a' chala, 's e 's a' cheò,
Cha 'n fhaic e soills' o 'n chagailt,
  Air a' chladach so ni 's mò,
Chuir gamhlas Ghall air fuadach,
  Na tha bhuainn 's nach till gu bràth.
Mar a fhuair 's a chunnaic mise,
  Thoir am fios so thun a' Bhàird.

Ged a thogar feachd na h-Alba,
  'S cliùiteach ainm air faich' an àir,
Bithidh brathach fhraoich nan Ileach,
  Gun dol sìos, 'ga dìon le càch,
Sgap mì-run iad thar fairge,
  'S gun ach ainmh'ean balbh 'na 'n àit',
Mar a fhuair 's a chunnaic mise,
  Thoir am fios so thun a' Bhàird.

Tha tighean seilbh na dh'fhàg sinn,
  Feadh an fhuinn na'n càrnan fuar,
Dh'fhalbh 's cha till na Gàidheil,
  Stad an t-àiteach, cur 'us buain,
Tha stéidh nan làrach tiamhaidh,
  A' toirt fianais air 's ag ràdh,
Mar a fhuair 's a chunnaic mise,
  Leig am fios so thun a' Bhàird.

Though sunbeams still distribute
  Light and heat to far and near,
Though still at eve the fold is seen
  With calves they fondly rear;
Yet men grow scarce in Islay
  And sheep find more regard,
What I hear and see around me
  Bring as tidings to the Bard.

If now a stranger voyager
  Should to our shores draw nigh,
Not many bright hearths blazing
  Would greet his wistful eye;
Oppression wrecked the homesteads
  And naught the spoilers marred,—
What I hear and see around me
  Bring as tidings to the Bard.

Should Albin's host now gather
  To the famous field once more,
The heather badge of Islay
  Would shine not as of yore;
The heroes have been banished
  By those for whom they warred;—
What I hear and see around me
  Brings as tidings to the Bard.

Their old, abandoned steadings
  Like cold cairns mark the land,
Oh, the Gael are gone for ever,
  And their farm-work's at a stand;
Their lonely ruins mouldering
  Ever claim our fond regard,
What I hear and see around me
  Bring as tidings to the Bard.

Cha chluinnear luinneag òighean,
  Séisd nan òran air a' chléith,
'S cha 'n fhaicear seòid mar a b' àbhaist,
  A' cuir bàir air faiche réidh,
Thug ainneart fògraidh bhuainn iad,
  'S leis na coimhich buaidh mar 's àill,
Leis na fhuair 's na chunnaic mise,
  Biodh am fios so aig a' Bhàird.

Cha 'n fhaigh an déireeach fasgadh,
  Na'm fear astair fois 'o sgìos,
Na soisgeulach luchd éisdeachd,
  Bhuadhich eucoir, Goill 'us cìs,
Tha 'n nathair bhreac 'na lùban
  Air na h-ùrlair far an d'fhàs,
Na fir mhòr a chunnaic mise,
  Thoir am fios so thun a' Bhàird.

ORAN FEASGAIR A' BHAIRD.

Leis an Lighiche Mac Lachainn.

'So 'n am shìneadh air an t-sliabh,
  'S mi ri iarguin na bheil bhuam,
'S tric mo shùil a' sealltuinn siar.
  Far an luidh a' ghrian 's a' chuan.

Chi mi thall a h-àiteal caomh,
  'Deàrrsadh caoin ri taobh na tràigh,
'S truagh nach robh mi air an raon
  Far an deach' i claon 's an àillt.

The maiden's voice is silent,
  And wide scattered is the band
Of lads, who oft assembled
  With their shinty in their hand:
While Saxons lease wide acres
  The Celt's refused a yard,
What I hear and see around me
  Bring as tidings to the Bard.

The needy finds no shelter,
  Nor the weary rest at eve;
The preacher finds no people
  His glad message to receive.
The spotted snake is twining
  On the hearth round which was heard
The stirring tales of heroes,
  Bring these tidings to the Bard.

THE BARD'S EVENING SONG.

Resting on the mountain side
  Thinking of my absent friends,
Oft I gaze across the tide
  Where the orb of day descends.

Now I see its golden glare
  Fading in the distant West,
Would O, would that I were there
  Where my thoughts would be at rest.

'S truagh nach robh mi féin an tràs'
   Air an tràigh a's àirde stuadh,
'G éisdeachd ris a' chòmhradh thlàth
   Th' aig an òigh a's àillidh snuagh.

Aig an òigh a's àillidh dreach,
   'S gile cneas, 's a's caoine gruaidh ;
Mala shìobhalt', mìn-rosg réidh
   Air nach éireadh bréin', no gruaim.

O ! nach innis thu 'ghaoth 'n iar,
   'N uair a thriallas tu thar sail',
Ciod an dòigh a th' air mo ghaol,—
   'Bheil i 'smaoinntinn orms' an tràs'?

'N uair a shìn mi dhuit mo làmh
   Air an tràigh a' fàgail tìr,
'S ann air éiginn rinn mi ràdh,
   " Soraidh leat, a ghràidh mo chrìdh'."

'N uair a thug mi riut mo chùl
   Chunnaic mi thu 'brùchdadh dheur ;
Ged a shuidh mi aig an stiùir
   'S ann a bha mo shùil 'am dhéigh,

Chaidh a' ghrian fo stuaidh 's an iar,
   Dh' fhàg i fiamh air nial a' chuain ;
'S éiginn dhomh o'n àird 'bhi triall—
   Sguir an eunlaith féin d' an duan.

Mìle beannachd leat an nochd—
   Cadal dhuit gun sprochd, gun ghruaim ;
Slàn gun acaid feadh do chléibh,
   Anns a' mhaduinn 'g éirigh suas.

Could I now take wings and fly
  Where the crested billows roar,
There I'd hear the tender sigh
  Of the maiden I adore.

Of the maiden pure and kind,
  On her cheeks the roses bloom,
On whose brow you'll never find
  Aught of discontent or gloom.

Western breezes wont you tell
  As you sail across the sea,—
If my lady bright is well,
  Is she thinking now of me ?—

Standing on the silvery strand
  Words were vain our thoughts to tell,
When I gave to thee my hand
  Scarcely could we breathe "farewell."

When I parted from my dear
  Bitter tears her eyes did blind,
Though I sought the boat to steer
  Oft indeed I gazed behind.

All is still, the orb of day
  Sleeps beneath the ocean's crest,
All the birds have ceased their lay,
  Here I must no longer rest.

To my love I'll wish " good night,"
  Pleasant dreams and sweet repose,
May thou waken with the light
  Smiling like a summer rose.

A GHLINN UD SHIOS.

Leis an Lighiche MacLachainn.

A ghlinn ud shìos, a ghlinn ud shìos,
　　Gur trom an diugh mo shùil,
A' dearcadh air do lagain àigh
　　Mar b' àbhaist dhoibh o thùs.

Do choill' tha fhathasd dosrach, àrd,
　　'S gach sìthein àillidh uain';
'S fuaim an lùb-uillt nuas o d' fhrìth'
　　'N a shuain cheòl sìth 'am chluais.

Tha 'n spréidh ag ionaltradh air do mhàgh,—
　　Na caoraich air an raon ;
Tha 'churra 'g iasgach air do thràigh,
　　'S an fhaoilean air a' chaol.

Tha guth na cuthaig air do stùchd,
　　An smùdan air do ghéig,—
Os ceann do lón tha 'n uiscag ghrinn
　　Ri ceileir binn 's an speur.

Tha suaimhneas anns gach luibh fo bhlàth,—
　　Bàigh air gach creig 'us cluain,
"Toirt 'am chuimhne mar a bha
　　'S na làithean 'thàrladh uainn.

Fuaim do chaochain, fead na goith',
　　'Us luasgan àrd nan geug,
'G ath-nuadhachadh le còmhradh tlàth
　　Nan làithean àigh a thréig.

Ach chi mi d'fhàrdaich air dol sìos,
　　'N an làraich', fhalamh, fhuar ;
Cha'n fhaic fear-siubhail, far nan stùchd
　　Na smùidean 'g éiridh suas.

O, LOVELY GLEN!

O, lovely glen ! as through a haze,
　Of tears that dim mine eye ;
Upon thy fertile fields I gaze,
　Fair, as in days gone by.

Thy stately pines their tall heads rear
　O'er fairy knolls and braes,
Thy purling streamlets now I hear
　Like music's sweetest lays.

Thy herds are feeding as of yore
　With sheep upon the lea,
The heron fishes in the shore,
　The white-gull on the sea.

The cuckoo's voice is heard at dawn.
　The dove coo's in the tree,
The lark, above thy grassy lawn,
　Now carols loud with glee.

Repose, supremely reigns o'er all,
　Love crowns the mountains hoar,
And vividly they now recall
　The days that are no more.

Thy gurgling brooks, and winds that fleet
　Through groves of stately pine,
Awaken with their converse sweet,
　Sad thoughts of Auld Langsyne.

Thy peaceful dwellings, once so bright,
　In dreary ruins lie,
The traveller sees not from the height
　The smoke ascending high.

Do ghàradh fiadhaich 'fàs gun dreach,
  Gun neach g'a chur air seòl,
Le fliodh 'us foghnain ann a' fàs,
  'S an fheanntag 'n àite 'n ròis,

O ! c'àit' am bheil gach caraid gaoil
  'Bu chaomh leam air do do learg
A chuireadh fàilte orm a' teachd,
  'Us beannachd leam a' falbh ?

Tha 'chuid a's mò dhiubh anns an ùir,
  'S an t-iarmad fada bhuainn,
Dh' fhàg mis' am aonaran an so,
  'N am choigreach nochdta, truagh.

'N am choigreach nochdta, truagh, gun taic',
  'S an aiceid ann am chliabh,—
'N aicid chlaoidhteach sin nach caisg—
  'G am shlaid a chum mo chrìch'.

'G am shlaid a chum mo chrìch le bròn ;
  Ach thugam glòir do 'n Ti,
Cha tug e dhòmhsa ach mo chòir—
  Ri òrdugh bitheam strìochdt'.

Tha lòchran dealrach, dait', nan speur
  Air tearnadh sìos do 'n chuan,
'Us tonnan uain' na h-àirde 'n iar
  Ag iadhadh air mu 'n cuairt,—

Sgaoil an oidhch' a cleòc' mu 'n cuairt,—
  Cha chluinn mi fuaim 's a' ghleann ;
Ach ceàrdabhan, le siubhal fiar,
  Ri ceòl a's tiamhaidh srann.

A ghlinn ud shios, a ghlinn ud shios,
  A ghlinn a's ciataich' dreach,
A' tionndadh uait 'dhol thar do shliabh
  Mo bheannachd sìorruidh leat !

To yonder garden, once thy pride,
　No one attention shows,
And weeds grow thickly side by side,
　Where bloomed the blushing rose,

Where are the friends of worthy fame,
　Their hearts on kindness bent;
Whose welcome cheered me when I came,
　Who blessed me as I went.

Full many in the church-yard sleep,　.
　The rest are far away,
And I forlorn in silence weep,
　With neither friend nor stay.

Death in my breast has fixed his dart,
　My heart is growing cold,
And from this world I'll soon depart
　To rest beneath the mould.

Though here alone, with comforts few,
　The glory Lord be Thine,
Thou only gavest what was due,
　Why should I then repine?

Yon glorious orb now seeks repose
　Beneath the ocean's crest,
The heaving billows round it close,
　Far in the distant West.

Night's sable mantle falls around,
　And silence reigns serene,
The droning beetles eerie sound
　Alone, disturbs the scene.

O, lovely glen, O, lovely glen!
　The fairest eye can see,
Descending from thy lofty ben
　My last farewell to thee!

SECOND PART.

——:::——

ENGLISH—GAELIC.

WE ARE BRETHREN A'.

BY THE LATE ROBERT NICOL.

A happy bit hame
   This auld world would be,
If men, when they're here,
   Could make shift to agree,
An' ilk said to his neighbour,
   In cottage an' ha,'
" Come, gi'e me your hand—
   We are brethren a'."

I ken na why ane
   Wi' anither should fight,
When to 'gree would make
   A' body cosie an' right,
When man meets wi' man,
   'Tis the best way ava
To say, " Gi'e me your hand—
   We are brethren a'."

My coat is a coarse ane,
   An' yours may be fine,
And I maun drink water
   While you may drink wine;
But we baith ha'e a leal heart
   Unspotted to shaw;
Sae gi'e me your hand—
   We are brethren a'.

The knave ye would scorn,
   The unfaithfu' deride;
Ye would stand like a rock,
   Wi' the truth on your side;
Sae would I. an' nought else
   Would I value a straw;
Then gi'e me your hand—
   We are brethren a'.

IS BRAITHREAN SINN UILE.

O, b'aluinn an dachaidh
    'Bhiodh againn 's an t-saogh'l,
Na'n sguireadh-mid còmhla
    D' ar cònnspuidean faoin',
'S gu'n abradh gach duine
    Ri 'urra, le bàigh,—
Is braithrean sinn uile,
    Fair dhòmhsa do làmh.

Nach brònach an sgeul e,
    Gu'm feum sinn 'bhi 'strì,
'N uair dh' fhaodadh-mid còrdadh,
    'S tigh'n beò ann an sìth;
Le fàilte 's le furan
    Bu duineil 'bhi 'g ràdh,—
Is braithrean sinn uile,
    Fair dhòmhsa do làmh.

Tha mo chòta-sa molach,
    'S tha d' éideadh-sa mìn,
Bidh mise 'g òl uisge,
    'S bidh tusa 'g òl fion;
Ach cridheachan tairis
    Tha againn a ghnàth,
Is bràithrean sinn uile,
    Fair dhòmhsa do làmh.

Is beag ort an cealgair,
    Le feallsachd 'n a chrìdh'
'S tu sheasadh an fhìrinn
    'S nach géilleadh 's an strì;
Bidh mise ri d' ghualainn,
    Gu buaidh no gu bàs,
Is bràithrean sinn uile,
    Fair dhòmhsa do làmh.

r

Ye would scorn to do falsely
  By woman or man ;
I haud by the right aye,
  As well as I can ;
We are ane in our joys,
  Our affections, an' a';
Come gi'e me your hand—
  We are brethren a'.

Your mither has lo'ed you
  As mithers can lo'e ;
And mine has done for me
  What mithers can do ;
We are ane, hie an' laigh,
  An' we shouldna be twa ;
Sae gi'e me your hand—
  We are brethren a'.

We love the same Simmer day,
  Sunny and fair ;
Hame !—Oh how we love it,
  An' a' that are there !
Frae the pure air o' heaven
  The same life we draw—
Come, gi'e me your hand—
  We are brethren a'

Frail, shakin' Auld Age,
  Will soon come o'er us baith,
An' creepin' alang
  At his back will be Death;
Syne into the same
  Mither-yard we will fa';
Come, gi'e me your hand—
  We are brethren a'.

Leig dhiot am bròn, a mhàldag chaomh,
  'Us siab a thaobh do dheòir ;
Mo mhac tha 'n seilbh air fearann saor,
  'S tha aige maoin gu leòir ;
Ged tha e ciùin an talla sìth,
  'S an strì tha e mar leògh'n ;
Ach thuit a deuraibh goirt gu làr
  Air sgàth fear Lag-nan-cnò.

Bidh agad airgiod agus òr
  'Us steud-each bòidheach, treun ;
Bidh agad gille 'ni do dheòin
  Mar dh' òrdaicheas tu fhéin.
Air reult nan òg-bhan bheir thu bàrr,
  'Cuir oirre sgàil le d' ghlòir ;
Ach thuit a deuraibh goirt gu làr
  Air sgàth fear Lag-nan-cnò.

Gun dàil chaidh banais 'chur air bonn,
  'S bha fonn air sean 'us òg ;
Bha 'm fiùran grinn an sin, 's a' chléir,
  Ach sgeul cha robh mu 'n òigh.
Ged 'chaidh a h-iarraidh 'bhos 'us shuas,
  Gun buannachd bha an tòir ;—
'S a' mhaduinn mhoich rinn ise triall,
  Le 'ciall, fear Lag-nan-cnò.

MY GUID AULD HARP,

OR SCOTLAND YET.

Gae bring my guid auld harp ance mair,
   Gae bring it free and fast,
For I maun sing anither sang
   Ere a' my glee be past,
And trow ye, as I sing my lads,
   The burden o't shall be—
Auld Scotland's howes, and Scotland's knowes,
   And Scotland's hills for me;
I'll drink a cup to Scotland yet,
   Wi' a' the honours three.

The heath waves wild upon her hills,
   And foaming through the fells,
Her fountains sing of freedom still
   As they dash down the dells;
And weel I lo'e the land, my lads,
   That's girded by the sea—
Then Scotlaud's vales and Scotlands dales
   And Scotland's hills for me;
I'll drink a cup to Scotland yet,
   Wi' a' the honours three!

The thistle wags upon the fields,
   Where Wallace bare his blade,
That gave her foemen's dearest bluid
   To dye her auld grey plaid;
And looking to the lift my lads,
   He sang this doughty glee—
Auld Scotland's richt, and Scotland's micht,
   And Scotland's hills for me;
I'll drink a cup to Scotland yet,
   Wi' a' the honours three!

MO SHEANN CHRUIT-CHIUIL.

O, fair a nall mo sheann chruit-chiùil,
   O, fair i dlùth gun dàil !
Oir 's fheudar dhòmh-sa 'cur an gleus,
   M' an triall gu léir mo chàil.
'S air m' fhacal 'n uair bhios clìth 'am chom
   Gu 'n éirich fonn mo dhàin,
Mu thìr nam beann 'us tìr nan gleann,
   An tìr a's anns' gu bràth ;
Nis òlaim cuach do thìr nan cruach,
   Le iolach uallach, àrd.

Tha 'm fraoch a' luasgadh air gach bruaich
   'S ri taobh nam fuar-bheann àrd ;
Am measg nan cluan tha 'h-uillt a' luaidh
   Air saorsa luachmhoir, àidh.
Thoir dhòmh-sa thar gach tìr fo 'n ghréin,
   An té mu 'n iadh an sàil',
'S i tìr nam beann 'us tìr nan gleann,
   An tìr a's anns' gu bràth ;
Nis òlaim cuach do thìr nan cruach,
   Le iolach uallach, àrd.

Tha 'n cluaran dosrach air an raon
   Far 'n robh na laoich a' strì ;
Air taobh a' cheartais 'us na còir'
   A dhòirteadh fuil an crìdh'.
Ach fhuair iad buaidh le buillean cruaidh
   'Us dh' éirich suas an dàn,—
"'S i tìr nam beann 'us tìr nan gleann,
   An tìr a's anns' gu bràth ;"
Us chuir iad cuach le seirc mu 'n cuairt
   Do thìr nam fuar-bheann àrd.

They tell o' lands wi' brichter skies,
   Where freedom's voice ne'er rang
Gie me the land whaur Ossian dwelt
   And Coila's minstrel sang—
For I've nae skill o' lands my lads,
   That kenna to be free—
Then Scotland's richt, and Scotland's micht.
   And Scotland's hills for me ;
I'll drink a cup to Scotland yet,
   Wi' a' the honours three !

GAE BRING TO ME A PINT O' WINE.

By Robert Burns.

Gae bring to me a pint o' wine,
   And fill it in a silver tassie,
That I may drink before I go,
   A service to my bonnie lassie.
The boat rocks at the pier o' Leith,
   And loud the wind blaws frae the ferry,
The ship rides by the Berwick Law,
   And I maun leave my bonnie Mary.

The trumpets sound, the banners fly,
   The glittering spears are rankéd ready ;
The shouts o' war are heard afar,
   The battle closes deep and bloody !
It's no the roar o' sea or shore
   Wad mak' me langer wish to tarry,
Nor shouts o' war that's heard afar,
   It's leaving thee, my bonnie Mary.

Gun cheò, gun neul, ged chithcar speur
   An dùthchaibh céin nan tràill,
Thoir tìr a' cheò dhomh féin ri m' bheò
   'S na seòid nach géill gu bràth ;
An tìr a dh' éisd ri Oisein binn
   A' seinn an linn nam Bàrd ;
" 'S i tìr nam beann 'us tìr nan gleann,
   An tìr a's anns' gu bràth " ;
Nis òlaim cuach do thìr nan cruach,
   Le iolach uallach, àrd.

THOIR DHOMH-SA CUACH.

Thoir dhòmh-sa cuach a nis gu luath
   'Us lion i 'suas gu ruig a mullach,
'S gu 'n òl mi làn, 's mi triall gun dàil,—
   Do m' rìbhinn mhàlda Màiri lurach.
Tha 'nis am bàta 'n cois na tràigh',
   'S tha na siùil bhàn' ga 'n càradh rithe,
A' ghaoth le gàir' ga 'n lionadh làn,—
   'Us fheudar d' fhàgail 'ghràidh mo chridhe.

Tha 'bhratach uaibhreach nis a suas,
   'S tha 'n trombaid chruaidh gu luath ga 'r tional
A thriall gun dàil a dh'ionnsaidh 'bhlàir,
   'S gu buaidh na bàs gu làidir, duineil.
Cha gheilt roimh stoirm no tonnan borb
   A bheireadh ormsa nis 'bhi fuireach ;
'S cha 'n eagal bàis a tha ga m' chràdh,—
   Ach 's e 'bhi fàgail Màiri lurach.

JAMIE'S ON THE STORMY SEA.

From "MINSTREL MELODIES."

Ere the twilight bat was flitting,
In the sunset at her knitting,
Sang a lonely maiden sitting
    Underneath her threshold tree ;
And, ere daylight died before us,
And the vesper stars shone o'er us,
Fitful rose her tender chorus,
    " Jamie's on the stormy sea."

Warmly shone the sun-set glowing ;
Sweetly breath'd the young flow'rs blowing ;
Earth, with beauty overflowing,
    Seem'd the home of love to be,
As those angel-tones ascending,
With the scene and season blending,
Ever had the same sweet ending,
    " Jamie's on the stormy sea."

Curfew bells remotely ringing,
Mingled with that sweet voice singing,
And the last red ray seem'd clinging
    Ling'ringly to tow'r and tree ;
Nearer as I came, and nearer,
Finer rose the notes, and clearer—
O ! 'twas heaven itself to hear her—
    " Jamie's on the stormy sea."

How could I but list, but linger,
To the song, and near the singer,
Sweetly wooing heaven to bring her
    Jamie from the stormy sea ?

THA MO GHAOL AIR AIRD A'
CHUAIN.

Feasgar ciùin 'an tùs a' Chéitein,
'N uair bha 'n ialtag anns na speuran,
Chualaim rìbhinn og 's i deurach,
    'Seinn fo sgàil nan geugan uain'.
Bha a' ghrian 's a' chuan gu sioladh,
'S reult cha d' éirich anns an iarmailt,
'N uair a sheinn an òigh gu cianail,—
    " Tha mo ghaol air àird a' chuain."

Thòisich dealt na h-oidhch' ri tùirling,
'S lùb am braon gu caoin am fliùran ;
Shéid a' ghaoith na 'h-oiteig chùbhraidh
    Beatha 's ùrachd do gach cluain.
Ghléus an nìgh'nag fonn a h-òrain,
Sèamh 'us ciùin mar dhriùchd an òg mhios
'S bha an t-éisd so 'g éiridh 'n còmhnuidh—
    " Tha mo ghaol air àird a' chuain."

Chiar an là 'us dheàrrs na reultan,
Sheòl an ré 'measg neul nan speuran,
'S shuidh an òigh, bha 'bròn ga 'léireadh,
    'S cha robh 'déigh air tàmh no suain.
Theann mi faisg air reult nan òg-bhean
'Sheinn mu 'gaol air 'chuan 'bha 'seòladh,
O, bu bhinn a caoidhrean brònach,—
    " Tha mo ghaol air àird a' chuain."

Rinn an ceòl le deòin mo thàladh
Dlùth do rìbhinn donn nam blàth-shul ;
'S i ag ùrnuigh ris an Ard rìgh
    " Dìon mo ghràdh 'th'air àird a' chuain"

And, while yet her lips did name me,
Forth I sprang—my heart o'er came me—
" Grieve no more, sweet ! I am Jamie,
   Home returned to love and thee !"

Now those angel-tones ascending,
With the scene and season blending,
Ever have this same sweet ending—
   " Jamie's now come back to me."

THE MINSTREL BOY.

By Thomas Moore.

The minstrel boy to the war is gone,
   In the ranks of death you'll find him ;
His father's sword he has girded on,
   And his wild harp slung behind him.
" Land of song !" said the warrior bard,
   " Though all the world betrays thee,
One sword at least thy rights shall guard,
   One faithful harp shall praise thee ! "

The Minstrel fell !—but the foemen's chain
   Could not bring his proud soul under ;
The harp he lov'd ne'er spoke again
   For he tore its chords asunder ;
And said, "No chains shall sully thee,
   Thou soul of love and bravery !
Thy songs were made for the brave and free,
   They shall never sound in slavery ! "

Bha a crìdh' le gaol gu sgàineadh,
'N uair a ghlac mi fhéin air làimh i,—
" Siab do dheòir, do ghaol tha sàbhailt'
Thill mi slàn bharr àird a' chuain."

'S tric fo sgàil nan geugan bòidheach
'Ghleusar duanag ghaolach, cheòlmhor,
'S bidh an t-séisd so 'g éiridh 'n còmhnuidh ;
" Thill mo ghaol bharr àird a' chuain."

AN GILLE-CLARSAIR.*

Chaidh 'n Gille-clàrsair dh' ionnsaidh bhlàir,
'S gu dàn do theas na tuasaid ;
Tha claidheamh athar aig' 'na làimh.
'S a chlàrsach thar a ghualainn.
" A thìr nam Bard ! " 's e thuirt an sàr,
" Ged 'bhrathas càch 's an uair thu,
Aon lann bidh dìleas dhuit gu bràth,
'S aon chlàrsach bidh a' luaidh ort ! "

Ged 'thuit an Clàrsair, 'chaoidh do nàmh
A spiorad àrd cha ghéilleadh ;
A chlàrsach dh' fhàg e balbh gu bràth
Oir gheàrr e aisd' na teudan,
Ag radh, " Cha deanar ortsa tàir,
O anaim gràidh 'us saorsa !
'S ann measg nan treun bha ceòl do theud,
'S có ghleusadh thu an daorsa ! "

---

* See Note (e) in Appendix.

THE FISHERMAN'S CHILD,

OR THE ANGEL'S WHISPER.

A baby was sleeping,
Its mother was weeping,
For her husband was far on the wild raging sea;
And the tempest was swelling,
Round the fisherman's dwelling,
And she cried " Dermot, darling, oh come back
    to me!"

He beads while she numbered,
The baby still slumbered,
And smiled in her face as she bended her knee;
" O blest be that warning,
My child, thy sleep adorning,
For I know that the angels are whispering with
    thee."

" And while they are keeping
Bright watch o'er thy sleeping,
Oh, pray to them softly, my baby, with me!
And say thou would'st rather
They'd watch o'er thy father!
For I know that the angels are whispering with
    thee"!

The dawn of the morning
Saw Dermot returning
Aud the wife wept with joy her babe's father to
    see;
And softly caressing
Her child, with a blessing
Said, "I knew that the angels were whispering
    with thee!"

LEANABH AN IASGAIR.

'Na shuain bha am pàisdean,
'S a mhàth'r bhochd gu cràiteach
A' caoidh cor a gràidh's e 'measg ànradh a' chuain,
'S 'n uair dh' éirich na siantan
Bha ise fo iargain
'S a smaointean air Diarmad 'bha triall nan tonn
uain'.

'N uair theann i ri ùrnuigh
Bha 'pàisdean gun dùsgadh,
'Us gàir air a ghnùis 'n uair a lùb i a glùn ;
"Do mhìog-shuilean bòidheach
Tha 'g ìnnseadh nis dhòmhsa
Mu ainglean na glòire bhi 'còmhradh ri 'm' rùn."

" 'S 'n uair tha iad a' gluasad
Gu sàmhach mu d' chluasaig,
'S mar fhreaceadain uasal' mu 'n cuairt ort ga d'
dhìon ;
Dean iarraidh le dùrachd
Nach tréig iad an iùrach,
'S am fear 'tha 'ga stiùireadh measg ùspairn nan
sian."

Aig bristeadh na fàire
An t-iasgair thill sàbhailt',
'S 'o mhnaoi fhuair e fàilte, le bàigh agus mùirn ;
A pàisdean ghrad phòg i
'Us luaidh i le sòlas—
"Bha ainglean na glòire a' còmhradh ri m' rùn."

THE BRAES O' MARR.

The standard on the braes o' Marr,
  Is up and streaming rarely;
The gath'ring pipe on Lochnagar,
  Is sounding loud and sairly.
The Hielandmen frae hill and glen,
  Wi' belted plaids and glitt'ring blades,
Wi' bonnets blue, and hearts sae true,
  Are coming late and early.

I saw our chief come o'er the hill,
  Wi' Drummond and Glengarry,
And through the pass came brave Lochiel,
  Panmure, and gallant Murray.
Macdonald's men, Clanranald's men,
  Mackenzie's men, Macgilvray's men,
Strathallan's men, the Lowland men
  O' Callander and Airley.

Our prince has made a noble vow,
  To free his country fairly,
Then wha would be a traitor now,
  To ane we lo'e so dearly?
We'll go, we'll go to seek the foe,
  By land or sea, where'er they be;
Then man to man, and in the van,
  We'll win, or dee for Charlie.

CRUINNEACHADH NAN GAIDHEAL.

Gu dosrach àrd air Bràighe Mhàr
   Tha bratach àluinn sgaoilte ;
'S tha sgal na pìob' aig Lòch-na-gàrr
   A' tional tràthail nan daoine.
Tha sliochd nam beann á monadh 's gleann,
   Lé 'm breacan teann 's le deàrsadh lann,
Le 'm boineid ghuirm a' tigh'n le foirm,
   'S le neart mar stoirm a' teurnadh.

O, chì mi 'n sonn tigh'n thar nam beann,
   Le Drumon 'us Gleann-Garraidh ;
'S troimh 'n ghlaic 's a' ghleann Lochiall na
     dheann,
   Panmùre, 'us smior Chlann-Mhoradh.
Clann Dòmhnuill nam buadh, Clann Choinnich
     cruaidh,
   Clann Rao'ill mo chrìdh' nach géill 's an strì ;
Sliochd 'Illebhràth 'us Gall no dhà,
   A Calasraid 'us Arladh.

'S i so a' bhòid a thug ar Prionns'—
   " Mo dhùthaich 's mi gun sàbhail."
Có iad a nis nach lean an sàr—
   Biodh iad gu bràth na 'n tràillean !
Théid sinn gun dàil air tòir ar nàmh,
   Air muir no tìr ged bhios an strì :
'Sin làmh ri làmh théid sinne 'n sàs
   Gu buaidh no bàs le Teàrlach.

MY HIELAN' HAME.

I canna leave my Hielan' hame,
Nor a' the clans that bear my name,
I canna leave the bonnie glen,
Nor a' I lo'e nor a' I ken,
For what would this poor heart then do,
Gin it would lose its worth I trow?
Flowers may bloom fair yont the sea,
But oh! my Hielan' hame for me.

My faither sleeps beneath the sod,
My mither shares his cauld abode,
Yon sunny shielin' on the brae
Has oft heard sounds o' grief and wae,
And I, its tenant, left alane,
Lamenting o'er the days lang gane.
Flowers may bloom fair yont the sea,
But oh! my Hiclan' hame for me.

They tell me I'll get wealth and ease,
Wi' nocht tae vex but a' tae please,
They tell me I'll get gold and fame,
They tempt me wi' a glorious name—
But what can a' their wealth impart
To me who has a broken heart?
Flowers my bloom fair yont the sea,
But oh! my Hielan' hame for me.

Each flower that blooms on foreign fell
Would mind me o' my heather bell,
Each little streamlet, nook or turn,
Would mind me o' Glenorick's burn—
How can I leave a scene so dear
Without a sigh, without a tear?
Flowers may bloom fair yont the sea,
But oh! my Hielan' hame for me.

TIR NAM BEANN.

O, 's mi nach fhàgadh tìr nam beann,
'S na càirdean gaoil 'tha chòmhnuidh ann!
O, 's mi nach fhàgadh gleann an fhraoich
Airson gach nì a tha 's an t-saogh'l.
Mo chridhe bochd bhiodh briste, brùit',
Ri tìr nam beann na 'n cuirinn cùl,—
Ged 's àluinn, cliùiteach dùthchaibh céin,
Thoir tìr nam beann 's nan gleann domh féin.

Tha m' athair sìnte, fuar 's a' chill,
'S mo mhàthair ri thaobh, 's gu bràth cha till;
Le m' chàirdean 's tric a bha mi bròn,
Na dream a dh' eug 's a tha fo 'n fhòid.
Ach nis am aonar tha mi caoidh
Na 'n laith'n a dh' aom 's nach till a chaoidh.
Ged 's àluinn, cliùiteach dùthchaibh céin,
Thoir tir nam beann 's nan gleann domh féin.

Ga m' mhealladh their iad rium gu dàn
Gu 'm faigh mi sòlas, 's sògh gach là,
'S gur leam gach nì a's feàrr fo 'n ghréin,
Ma sheòlas mi gu dùthchaibh céin;
Bidh cridhe briste, brùite 'm chom
Ma 's fheudar dhomh dol thar nan tonn;
Ged 's àluinn, cliùiteach dùthchaibh céin,
Thoir tìr nam beann 's nan gleann domh féin.

Gach lus a chì mi thar an tuinn,
'S ann bheir e 'm fraoch 'san roid 'am chuimhn',
'N uair chì mi 'n sud na h-uillt 's na cluain
'S ann dh' éireas tìr mo ghaoil am smuain.
Cha 'n ioghnadh mi 'bhi tùrsach, fann,
Ma bheir mi cùl ri tìr nam beann;
Ged 's àluinn, cliùiteach dùthchaibh céin,
Thoir tìr nam beann 's nan gleann domh féin.

THE MARINER,

OR WILLIE'S ON THE DARK BLUE SEA.

My Willie's on the dark blue sea,
    He's gone far o'er the main,
And many a weary day will pass
    Ere he'll come back again.

Then blow gentle winds o'er the dark blue sea,
    Bid the storm-king stay his hand,
And bring my Willie back to me,
    To his own dear native land.

I love my Willie best of all,
    He e'er was true to me,
But lonesome, dreary are the hours,
    Since first he went to sea.

There's danger on the water now,
    I hear the blond-bills cry,
And moaning voices seem to speak
    From out the cloudy sky.

I see the vivid lightning's flash,
    And hark ! the thunder's roar ;
Oh ! Father, save my Willie from
    The storm-king's mighty power.

And as she spoke, the lightning ceased,
    Hushed was the thunder's roar ;
And Willie clasped her in his arms,
    To roam the seas no more.

Now blow gentle winds o'er the dark blue sea,
    No more, we'll stay thy hand ;
Since Willie's safe at home with me,
    In his own dear native land.

AM MARAICHE.

"Mo ghaol tha 'n dràsd 'measg chaoiribh bàn,.
　　Air bhàrr nan tonnaibh uain';
'S cha dhùisgear aiteas ann am chrìdh',
　　Gu crìoch a thurais-cuain."

" A Rìgh-nan-dùl O, séid gu ciùin
　　'S na siùil an oiteag chaoin
A bheir mo leannan dhachaidh slàn
　　Gu broilleach blàth a ghaoil,"

"Do 'n mharaich' thug mi gaol mo chrìdh',
　　'Bha daonan dìleas dhòmhs';
Ach 's cianail airtneulach gach uair
　　O'n chaidh mo luaidh air bòrd."

" Tha cunnart air a' chuan an dràsd,
　　Cluinn guileag àrd nan ian;
Tha borbhanaich nan speuran dubh
　　'Có-fhreagairt guth nan sian."

" An cluinn thu 'n tàirneanach a nis,—
　　Faic dealan clis nan spéur :
O, 'Athair dìon mo leannan bochd,
　　Bi leis a nochd na 'fheum !"

A thiota laidh na siantan garbh,
　　'S air fairge cha robh greann ;
'Us phaisg am maraiche a ghràdh
　　Ri 'bhroilleach blàth, gu teann.

" Ged shéideas doinionn air a' chuan
　　Cha ghluaisear mi ni's mò,
Mo leannan thàinig dhachaidh slàn
　　'S cha 'n fhàg e mi ri 'bheò."

MARY OF ARGYLL.

I have heard the mavis singing
  Its love song to the morn,
I have seen the dew-drops clinging
  To the rose just newly born.
But a sweeter voice has cheered me
  At the evening's gentle close,
And I've seen an eye still brighter
  Than the dew-drop on the rose;
'Twas thy voice my gentle Mary,
  And thy winsome winning smile,
That made this world an Eden
  Bonny Mary of Argyll.

Though thy voice may loose its sweetness,
  And thine eye its brightness too,
Though thy step may loose its lightness,
  And thy hair its sunny hue;
Yet to me thou wilt be dearer
  Than all this world can own,
For I've loved thee for thy beauty,
  But not for that alone;
I have proved thy heart dear Mary,
  And its goodness was the wile
That made thee mine for ever,
  Bonny Mary of Argyll.

MAIRI EARRAGHAIDHEAL.

O, chualam smeòraich bhòidheach
 Ri ceòl air maduinn Chéit,
'Us chunnam driùchd a' tùirling
 Air ùr-ròs tlàth 's a' ghréin.
Ach 's tric a dh' éisd mi briodal
 O bheul a's milse ceòl,
'Us chunnam sùil a's àillidh
 Na 'n driùchd air blàth an ròis,—
O, 's e do ghuth 's do ghàire,
 'S do chridhe blàth gun fhoill
'Rinn dhòmh-sa 'n saogh'l na Phàrras,
 A Mhàiri Earraghaidheal.

Ad shùil ged thigeadh fàilinn,
 'S ged dh' fhàgadh sgairt do cheum ;
Ged liath'dh do chiabhan òr-bhuidh',
 'S ged thréigeadh ceòl do bheul,
Cha lughdaicheadh mo spéis dhuit,
 'S cha tréiginn thu, a rùin.
Cha mhaise, 'mhàin a' Mhàiri,
 A thàlaidh mi ruit dlùth ;
O, 's e do ghean 's do ghàire,
 'S do chridhe blàth gun fhoill
'Thug dhòmh-sa còir gu bràth ort
 A Mhàiri Earraghaidheal.

FLORA MACDONALD'S LAMENT.

Far over yon hills
  Of the heather sae green,
And down by the corrie
  That sings to the sea,
The bonnie young Flora
  Sat sighing her lane,
The dew an her plaid,
  And the tear in her e'e.
She looked at a boat,
  With the breezes that swung,
Away on the wave,
  Like a bird of the main,
And aye as it lessen'd,
  She sigh'd and she sung,
Fareweel to the lad
  I maun ne'er see again,
Fareweel to my hero,
  The gallant and young,
Fareweel to the lad
  I shall ne'er see again.

The moorcock that craws
  On the brow of Ben Connal
He kens o' his bed
  In a sweet mossy hame ;
The eagle that soars
  On the cliffs of Clanronald,
Unawed and unhunted,
  His eyrie can claim ;
The solan can sleep
  On his shelve of the shore,

CUMHA FLORI NICDHOMHNUILL.

Am measg an fhraoich uaine
   Air gualainn a' mhonaidh,
'S ri taobhan nan alltan
   'Tha ruith air a chùl,
Tha Flòri Nicdhòmhnuill
   Gu dubhach an còmhnuidh,
An driùchd air a breacan
   'S na deura 'n a sùil ;
'Sìor shealltainn air luingeas
   'Tha uaipe a' seòladh,
'S mar eala air chuantan
   A' gluasad gu sàmhach
Tha i togail na séisd so,
   'S am bàt' dol á 'sealladh,—
O slàn leis an òigear
   Nach faic mi gu bràth,
O slàn leis an òigear
   Tha òg agus seòlta,
O slàn leis an òigear
   Nach faic mi gu bràth !

An coileach 'tha 'dùrdail
   Air stùcan Beinn-Chomhnuill,
Tha brath aig 's an fheasgar
   Air leaba 'bhios blàth,
Am fireun tha 'còmhnuidh
   An creagan Chlann-Raonuill
Gheibh tàmh anns an oidhche
   Gun chùram, gun sgàth.
Air broilleach a' chuain
   Tha 'n sùlair gu seasgair,

The cormorant roost
  On his rock of the sea ;
But oh ! there is one
  Whose hard fate I deplore,
Nor house, ha', nor hame,
  In this country has he.
The conflict is past,
  And our name is no more ;
There's nought left but sorrow
  For Scotland and me.

The target is torn
  From the arm of the just,
The helmet is cleft
  On the brow of the brave,
The claymore for ever
  In darkness must rust ;
But red is the sword
  Of the stranger and slave.
The hoof of the horse,
  And the plume of the proud,
Have trod o'er the plumes
  On the bonnet of blue.
Why slept the red bolt
  In the breast of the cloud,
When tyranny revell'd
  In blood of the true ?
Farewell, my young hero !
  The gallant and good ?
The crown of thy fathers
  Is torn from thy brow.

An t-eun thug sùil, 's bha luchd-nan-lann
  A' dlùthchadh teann mu 'n cuairt air,
" Cha 'n àite so 's am faod mi tàmh,
  A's feàrr dhomh 'nis bhi 'gluasad,"
Ag éiridh chuartaich e mi dlùth
  Mu 'n tug e cùl ri m' fhàrdaich
'S b'e 'n caoidhrean brònach 'dh 'fhàg e 'm chluais,
  " Mo chreach 's mo thruaigh Prionns' Teàrlach!"

REUL NA SITH.

'Reul na Sìth do 'n dream 'tha claoidhte,
  Tha do shoillse ghlòrmhor buan ;
Stiùir an seòladair le d' bhaoisge,
  Nochd dha caoimhneas air a' chuan.

'Reul an Dòchais, deàrrs 's an iarmailt,
  Ciùinich iarganaich a' bhròin ;
Beannaich tàmh an fhir a thriallas
  'Measg nan siantan, 's e gun treòir.

'Reul a' Chreidimh, 'n uair a dh'éireas
  Tonnan breun le 'n gànraich mhòir,
Riutsa bidh a' ghlaodh 'n a éiginn
  Thoir dha éisdeachd 's air san fòir.

'Lòchrain Neamhaidh, stiùir am fòg'rach,
  O, dean tròcair air 'n a fheum ;
Sheas e deuchainn ghoirt, 'us dòruinn,—
  Treòraich e ad ionnsaidh fhéin.

H

ORIGINAL GAELIC POETRY.

ORAN MULAID.*

SEISD,—Hù o, tha mi tinn,
　　Tha mi 'caoidh mo leannain,
　　'S mòr a thug mi 'ghaol
　　　Do 'n té 's caoile mala,
　　　　Hù o, tha mi tinn !

Thar gach té fo'n ghréin
　　Thug mi spéis do m' chailin ;
Nis o'n fhuair i bàs,
　　'Chaoidh cha'n fhàs mi fallain,
　　　　Hù o, tha mi tinn !

Bha thu màlda còir,
　　Suairceil, òrdail, banail ;
Nàdur fialaidh, ciùin—
　　Oiteag chùbhraidh d'anail.
　　　　Hù o, tha mi tinn

Ortsa bha gach buaidh,
　　Bha thu uasal dreachmhor ;
B' àluinn thigeadh ceòl
　　A' d' bheul bòidheach, meachar.
　　　　Hù o, tha mi tinn !

Anns a' chòisir bhinn,
　　'N am bhi seinn nan luinneag,
Thug thu bàrr gu léir
　　Air na ceuda cruinneag.
　　　　Hù o, tha mi tinn !

'S tric bha mi 's mo ghràdh
　　Ann an sgàil na coille ;
Thogadh ise ceòl,
　　'S dh' éisdeadh eòin na doire.
　　　　Hù o, tha mi tinn !

See Note (f) in Appendix.

A SONG OF GRIEF.

TRANSLATED BY MR. L. MACBEAN.

CHORUS,—Sick and sad am I,
  Sick and sorrow laden,
 For my love I sigh,
  For my dearest maiden.
   Sick and sad am I!

Over every maid
 Did I fondly love her;
Now she's lowly laid,
 I shall ne'er recover,
   Sick and sad am I!

In my love combined
 Every gift that pleases—
Modest, sweet, and kind;
 Breath like fragrant breezes.
   Sick and sad am I!

Every grace abode
 On my best and fairest;
Mellow music flowed .
 From her lips the rarest.
   Sick and sad am I!

In the tuneful choir
 When sweet strains were ringing,
Nought could I admire
 Save my darling's singing.
   Sick and sad am I!

Oft in greenwood shade,
 She sang as I lay near her;
Birds from every glade
 Gathered, mute to hear her.
   Sick and sad am I!

Chuir iad thu 's an ùir,
    Socair, ciùin ad laidhe;
'S mis' cha 'n fhaic mo rùn,
    Gus an dùisg mi 'n Flaitheas.
        Hù o, tha mi tinn!

Bhithinn-se le m' luaidh
    Taobh nam bruach 's nan gleannan,
Tha i nis 's an uaigh—
    O, cha ghlais mo leannan!
        Hù o, tha mi tinn!

Dhòmh-sa bha mo rùn
    Mar reult-iùil mo bheatha;
Thug mi dhi mo ghràdh,
    'S dh' falbh mo shlàinte leatha.
        Hù o, tha mi tinn!

'S goirid bhios mi beò,
    'S mi ri bròn 'us mulad;
Rinn do bhàs mo leòn,
    'S fóghnaidh dhòmh-s' am buill' ud.
        Hù o, tha mi tinn!

D'àite-se am chrìdh'
    Nì cha lìon air thalamh;
Ann an tìr an àigh
    Dhòmh-s' cum àite falamh.
        Hù o, tha mi tinn!

Dh' fhalbh mo leannan féin,
    'S tha mi deurach, dubhach
Tha mi 'triall na 'ceum,
    Ciod am feum bhi fuireach?
        Hù o, tha mi tinn!

Silent in the mould,
  Thou thy sleep art taking,
Ne'er may I behold
  Thee until thy waking.
        Sick and sad am I !

Often did we stray
  By each brae and river ;
Now she rests for aye—
  Motionless for ever !
        Sick and sad am I !

Life's bright star she shone,
  Shone to cheer and guide me ;
I must drift alone—
  Now death's shadows hide thee.
        Sick and sad am I !

Short my life must be,
  Now that she has left me ;
Love and grief for thee
  Have of health bereft me.
        Sick and sad am I !

Earth can ne'er supply,
  Aught to soothe or cheer me ;
Keep a place on high
  For thy lover near thee.
        Sick and sad am I !

Nought can ease my pain ;
  Now she is departed,
Why should I remain,
  Sick and broken hearted ?
        Sick and sad am I !

DH' FHALBH MO LEANNAN FEIN. *

Dh' fhalbh mo leannan féin,
  Dh' fhalbh mo chéile lurach,
Misneach mhath na dhéigh,
  Dhòmh-sa b' éiginn fuireach ;
    Dh' fhalbh mo leannan féin !

'N uair a thog thu siùil
  Bha mo shùil a' sileadh ;
Dhuit-se ghuidh gach beul,
  " Slàn gu'n dean thu tilleadh."
    Dh' fhalbh mo leannan féin !

Ghoid thu leat mo shlàint',
  'S rinn thu m' fhàgail dubhach ;
'S gus an till thu 'ghràidh,
  'Chaoidh cha 'n fhàs mi subhach—
    Dh' fhalbh mo leannan féin !

Tha mi ghnàth ga d' chaoidh,
  'S mi ga m' chlaoidh le fadal ;
Bho 'n a' sheòl thu, 'rùin,
  Tha mo shùil gun chadal—
    Dh' fhalbh mo leannan féin !

Thàinig sgeul gu tìr
  Leòn mo chrìdh' mar shaighead,
Gu'n robh thusa, 'luaidh—
  'N grunnd a' chuain ad laidhe—
    Dh' fhalbh mo leannan féin !

'S cianail leam an sgeul ;
  Ciod am feum bhi fuireach ?
Bidh mi leat gun dàil.
  'S gheibh mi fàilte 's furan—
    Dh' fhalbh mo leannan féin !

---

* See Note *(g)* in Appendix.

MY OWN DEAR ONE'S GONE.

TRANSLATED BY MR A. M. ROSE.

My own dear one's gone,
  My true love's departed,
Happy be his lot,
  Though I be broken-hearted,
    My own dear one's gone!

When thy sails unfurled,
  I with tears had stayed thee,
While each friendly lip
  "Safe returning" prayed thee.
    My own dear one's gone!

All my weal went then,
  Naught remained but sadness,
Till thou come again
  I can ne'er know gladness.
    My own dear one's gone!

Wailing aye for thee,
  I'm heart-sick with longing,
Sleepless now my eyes
  To the dawn from gloaming.
    My own dear one's gone!

Sad! sad! news I hear,
  Piercing like an arrow,
That beneath the wave
  Sleeps "my winsome marrow."
    My own dear one's gone!

Sad the tale to me,
  Need I longer tarry?
Death, to rest, and thee,
  Soon my soul will carry.
    My own dear one's gone!

AN GAIDHEAL AIR LEABA-BAIS.

Fad air falbh bho thìr nan àrd-bheann,
    Tha mi'm fhògrach an tìr chéin ;
Am measg choigreach 's fad' o m' chàirdean,
    Tha mi'm laidhe so leam féin.
Tha mo chridhe briste, brùite,
    Saighead bàis a nis am chom,
'N ùine gheàrr mo shùil bidh dùinte
    'S aig a' bhàs mi'm chadal trom.

'S tric ag éirigh suas am chuimhne
    Albainn àillidh, tìr nam beann ;
Cha mi sud an lèanag uaine,
    'Us am bothan anns' a' ghleann.
Tha gach nì fo bhlàth gu h-ùraidh,
    Aig an allt' tha crònan fann,
Air a' ghaoith tha fàile cùbhraidh
    'Tigh'n o fhlùrain nach 'eil gann.

'S ann a sud a fhuair mi m' àrach ;
    'S mi neo-lochdach mar na h-uain ;
Ach 's lom a dh'fhàgadh nis an làrach
    Bho 'n a sheòl mi thar a' chuain.
Thar leam gun cluinn mi guth nan smeòrach,
    'Seinn gu ceòlar feadh nan crann;
'S òran binn nan uiseag' bòidheach,
    Ard 's na speuran os mo cheann.

Chì mi chill aig bun a' bhruthaich,
    Taobh an uillt tha ruith gu lùgh'r,
'S tric a bha mi sud gu dubhach,
    Caoidh nan càirdean tha fo 'n ùir.
Mo mhàthair 's m' athair tha 'n an sìneadh,
    'N cadal sìorruidh anns an uaigh ;
'S chaidh mo chopan searbh a lìonadh
    'N uair a d' fhàg mi 'n sin mo luaidh.

THE GAEL ON HIS DEATH-BED.
TRANSLATED BY THE AUTHOR.

Far away from bonnie Scotland,
  On a restless bed I moan,
Far from friends, in midst of strangers,
  I am pining all alone,
Oh I'm sad and broken-hearted,
  With death's arrow in my breast,
Now I feel my eyelids closing
  And I soon shall be at rest.

In my memory oft arises
  Scotia, land of heath-clad ben,
Now I see its verdant pastures,
  And the cottage in the glen.
Nature there is sweet and lovely,
  Hark ! the burnie's rapid flow,
While the air is richly scented,
  By the flowers that yonder grow.

'Twas in yonder cottage humble
  I the light at first did see ;
Desolation there is reigning
  Since I sailed across the sea.
Methinks I hear the mavis singing,
  Perched upon the branches high,
And the lark now warbles sweetly
  From the blue etherial sky.

Yonder is the church-yard lonely,
  And the streamlet as of yore ;
Often have I there been weeping,
  For the friends that are no more.
Both my parents there are sleeping,
  Precious gifts by heaven bestowed !
When my partner was laid near them,
  Then my cup of grief o'er-flowed.

Nis cha léir dhomh tìr nam àrd-bheann,
    Air mo shùil tha ceò air fàs ;
Am measg choigreach 's fad' o m'chàirdean,
    Tha mi feitheamh air a' bhàs.
Thusa spioraid bhochd, tha'n daorsa,
    Ach cha 'n fhada bhios tu ann ;
Thig, a Bhàis, 'us thoir dhomh saorsa,
    Beannachd leat, a thìr nam beann.

DEALACHADH LEANNAIN.

Seisd.—Dhealaich mise 'nochd ri m' leannan,
        Dhealaich mi ri m' leannan fhéin ;
        Dhealaich mise nochd ri m' leannan,
        Mìle beannachd as a déigh.

Och mo thruaigh ! cha d' fhuair mi fanachd
    Leis a' chaileag 'mheal gach buaidh,
Theich an uair air sgiath na cabhaig'
    'S b' fheudar dealachadh ri m' luaidh.

Ceart mar thriallas sgàil an tanaisg,
    No mar dhealan anns an speur :
'S ann mar sin a chaill mi sealladh
    Air an ainnir 'fhuair mo spéis.

O 'n a chuir mi fhéin ort aithne
    Bha thu beusach, banail, ciùin,
'Chaoidh cha 'n fhaic mo shùil air thalamh
    Té cho airidh air gach cliù.

Blàth-shùil chaoin a's caoile mala,
    Cuailean mìn nan camag' donn ;
Deud geal, grinn fo bhilean tana,
    Cneas mar eala bhàn nan tonn.

Cha téid mise 'chùirt nan gallan,
    Cha 'n 'eil aighear dhomh fo'n ghréin ;
'S ann a bhios mo chrìdh' fo smalan
    Gus an till mo leannan fhéin.

From my vision now is fading
  All that once was dear to me ;
Far from friends in midst of strangers
  I am longing, Death, for thee.
Thou, poor spirit art in bondage
  Come O Death ! and set it free ;
Albion, land of early childhood,
  Oh farewell, farewell to thee !

A LOVER'S PARTING.

TRANSLATED BY THE AUTHOR.

CHORUS.—I have parted with my lassie,
    Yester eve she went away ;
  Sad I parted with my lassie,
    Heaven's blessing with her stay.

I had scarce exchanged the greeting
  Of the maid I loved so well,
For the moments quickly fleeting
  Made us breathe a sad " farewell."

With a vision's rapid motion,
  Or like lightning in the sky,
Fled the dream of my devotion
  Leaving me to weep and sigh.

Since I knew thee dearest maiden,
  Thou wert faithful, kind, and free ;
Now I'm sad and sorrow-laden,
  For thy like I ne'er shall see.

Auburn nymph so blithe and merry,—
  Would that I could see thee now,—
Cheeks that vie with rowan-berry ;
  White as snow thy gentle brow.

Naught on earth can give me pleasure,
  Mirth and music cause me pain ;
Never, till I see my treasure,
  Shall I be myself again !

GUR TROM, TROM MO CHEUM.

O, gur trom, trom mo cheum
    O'n là 'chaill mi do spéis.
'S tric na deòir ann am shùil
    'S mi gu tùrsach ad dhéigh.

'Fhleasgaich dhuinn fhuair mo ghràdh,
    'S truagh mo chrìdh' air do sgàth,
O'n a thréig thu mi 'rùin
    Thuit mo shùgradh gu làr.

Gheall thu dhòmh-sa, a luaidh,
    Gaol 'bhiodh fìrinneach, buan,
Ach 's an shearg e mar bhlàth
    Dh' fhàgas fàl air a' chluan.

Thug mi gaol dhuit 's mi òg,
    'S bhithinn dìleas ri m' bheò,
Chaidh na saighdean am chrìdh'
    'G éisdeachd briodal do bheòil.

Ciod a b' aobhar, a rùin,
    Thu 'thoirt rium-sa do chùil?
Sud a dh' fhàg mi gun tuar,
    Mi 'bhi suarach ad shùil.

O'n nach d'fhuair mi do làmh,
    O, cha dual dhomh 'bhi slàn!
Cuiridh 'm bròn mi do 'n chill
    As nach till mi gu bràth.

Gus an dùinear mo shùil
    Anns a' chlò as nach dùisg,
Bidh mo ghaol ort gach là
    Fhir nan blàth-shuilean ciùin.

FUADACH NAN GAIDHEAL.

Gur a mise 'tha tùrsach,
A' caoidh cor na dùthcha,
'S nan seann daoine cùiseil
    Bha cliùiteach 'us treun ;
Rinn uachdrain am fuadach,
Gu fada null thar chuantan,
Am fearann chaidh thoirt uapa,
    'S thoir 'suas do na féidh.

'S e sud a' chulaidh-nàire,
Bhi faicinn dhaoine làidir,
" Ga 'm fuadach thar sàile
    Mar bhàrrlach gun fheum ; "
'S am fonn a bha àluinn,
Chaidh 'chur fo chaoirich bhàna,
Tha feanntagach 's a' ghàradh
    'S an làrach fo fheur.

Far an robh móran dhaoine,
Le 'm mnaithean 'us le 'n teaghlaich,
Cha'n 'eil ach caoirich-mhaola
    Ri fhaotainn na 'n àit',
Cha 'n fhaicear air a' bhuaile,
A' bhanarach le 'buaraich,
No idir an crodh guaill-fhionn,
    'S am buachaille bàn.

Tha 'n uiseag anns na speuran,
A' seinn a luinneig ghleusda,
'S gun neach ann g'a h-éisdeachd,
    'N uair dh' éireas i àrd ;
Cha till, cha till na daoine,
Bha cridheil agus aoibheil,
Mar mholl air latha gaoithe,
    Chaidh 'n sgaoileadh gu bràth.

A' MHAIGHDEAN ALUINN.

SEISD.—Seinneam duan a nis do 'n mhaighdinn,
A tha aoibheil, cridheil, caoimhneil,
'S lionmhor fear a' bheireadh oighreachd
Air son roinn do ghràdh a' crìdh'.

Tha mo leannan dreachmhor, dìreach,
'Us na gluasad socair, siobhalt',
Cha 'n 'eil maighdean anns an sgìreachd,
Thig a nìos riut ann an gnìomh.

'S ann fo sgàile nam beann-àrda,
Dh' fhàs an rìbhinn a tha àluinn,
Labhraidh i gu blasda 'Ghàidhlig
'Chainnt a's feàrr a tha 's an tìr.

Dh'fhàs i suas mar shòbhraig bhòidhich,
Modhail, màlda mar an neòinein,
Cha d' fhuair amaideachd na gòraich
Aite-còmhnaidh riamh na crìdh'.

Tha a gruaidhean mar na ròsan,
Gur e sud 'rinn mise 'leònadh,—
Cha 'n 'eil 'h-aon anns an Roinn-Eòrpa
'Théid cho òrdail ris gach sìon.

Tha mo ghaol-sa cridheil, ceòlmhor,
Có 'na cuideachd a' bhiodh brònach ?
'N uair a theanas i ri òrain
Faodaidh 'n smeòrach a bhi bìth.

Falt a' cinn na dhualan òrdail,
' Dheth cha 'n loghnadh i 'bhi spòrsail,
Ceum gu bràth nach dochainn feòirnein
. Meòir a's bòidhche air an sgrìobh',

Cha 'n 'eil maighdean anns an dùthaich,
Tha cho measail no cho chliùiteach,
'S iomadh h-aon a' thug dhuit ùmhlachd,
    'Us a lùb dhuit anns gach nì.

O'n a chuir mi féin ort eòlas,
'S tric a bha sinn cridheil còmhla,
Ach tha mis' an diugh am ònar
    Dubhach, brònach, 'us thu 'm dhìth.

'S ged a tha mi fad' air faontradh,
Thall 's a bhos air feadh an t-saoghail,
Air mo spéis dhuit cha tig caochladh,
    Thug mi gaol dhuit 'bhios gun chrìch.

GUN CHRODH GUN AIGHEAN.

SEISD—Ged tha mi gun chrodh gun aighean,
    Gun chrodh-laoigh gun chaoraich agam ;
    Ged tha mi gun chrodh gun aighean,
    Gheobh mi fhathast òigear grinn.

Fhir a dh' imicheas thar chuantan,
Giùlain mìle beannachd bhuamsa,
Dh' ionnsaidh òigear a' chuil dualaich,
    Ged nach d' fhuair mi e dhomh fhìn.

Fhir a dh' imicheas am bealach,
Giùlain uamsa mìle beannachd ;
'S faod's tu innseadh do mo leannan,
    Gu'm beil mi'm laidhe 'so leam fhìn.

Fhleasgaich thàinig nall á Suaineart,
Bu tu fhéin an sàr dhuin'-uasal ;
Gheobhainn cadal leat gun chluasaig,
    Air cho fuar 's g' am biodh an oidhch'.

I

Ged nach 'eil mo spréidh air lòintean
Mo chrodh no mo chaoraich bhòidheach,
Bheirinn tochar dhuit an òrdugh,
    Cho math ri te òig 's an tir.

Ged tha mi gun chrodh gun chaoraich,
Cha'n 'eil mi gun mhaise 'm aodann ;
Dh' fhighinn breacan a bhiodh caol dhuit,
    'S dheanainn aodach a bhiodh grinn.

Nàile ! 's mise tha fo mhulad,
'Us mi 'tàmh 's an t-seòmar mhullaich ;
An leannan bh' agamsa an uiridh,
    'S ann tha 'n diugh rium cùl a chinn.

Nàile ! 's mis' tha dubhadh, deurach,
'N seòmar àrd a' fuaigheal léine ;
Chaidh mo leannan gu *Jamaica*,
    'S ciod am feum dhomh bhi ga 'chaoidh !

FREAGAIRT

LE "FIONN."

SEISD—Ged tha thu gun chrodh gun aighean,
    Gun chrodh-laoigh gun chaoraich agad ;
    Ged tha thu gun chrodh gun aighean,
        Bidh tu 'd leannan agam fhìn.

Cha 'n e airgiod 'tha mi 'n tòir air,
'S cha 'n 'eil agam feum air stòras ;
'S e mo mhian-sa caileag bhòidheach
    A bheir dhòmh-sa gaol a chrìdh'.

'Ribhinn òg leig dhiot bhi dubhach,
Siab do dheòir 'us bi leam subhach ;
Fair do làmh dhomh 'nis gu lurach,
    'S ni mi fuireachd leat air tìr.

Ged a sheòl mi thar nan cuantan,
'S ged a bha thu fada bhuamsa,
Cha robh là nach robh thu 'm smuaintean,
    'S bha mi bruadar ort gach oidhch'.

'S ged a chaidh mi greis air faontradh
Gu ruig cladach cian an t-saoghail,
Dhuit-se bha mi dìleas daonan
    'S air mo ghaol cha 'n fhaicear crìoch.

Mar a thilleas breac a sàile
Dh 'ionnsaidh 'n uillt 's an d'fhuair e 'àrach,
Thill mi fhéin air ais gu m' mhàldaig,
    'Us gu bràth cha'n fhàg mi i.

———

PART THIRD.

GAELIC READINGS.

GAELIC READINGS.

CIONTACH—ACH AIR MHISG.

Bho chionn mhóran bhliadhnaichean, bha ann am Baile-nach-abair-mi breitheamh ainmeil agus ro ionnsaichte anns an lagh. Bha e fo mhór chliù air son tréibhdhireas agus ionracas a bheatha mar bhreitheamh ; ach bha aon choire air. Bha e 'n a fhear-cuideachd cho math gu 'n robh e ealamh gu bhi, a dh-aindeòin a ghliocais, air a bhuaireadh gu bhi leum gàradh-crìche na stuamachd—a dh-innseadh na firinn, bha e trom air an òl. Dh'fhaodtadh a bhi cinnteach, am feasgar roimh an latha air am bitheadh mòd ri bhi aige, agus 'n uair a tigheadh na sgaoimirean òga de luchd-lagha a b' àbhaist a bhi frithealadh na cùirte cruinn, dh'fhaodteadh, mar tha mi ag ràdh, a bhi làn chinnteach gu 'n géilleadh am breitheamh còir do 'n t-seana chleachdainn, agus gu 'm faighteadh e gu sòlasach, seasgair 'n a shuidhe ann an aon de sheòmraichean àrda an tigh-òsda a bha air taobh eile a' chnuic, mar gu 'm biodh rìgh ann, am meadhon sgaoth de mhuinntir nan gruaga geala.

Thachair da a bhi anns an t-suidheachadh so air feasgar Earraich, bliadhna de na bliadh-naichean. Bha e féin agus a' chòisir àluinn a bha leis an déigh suipeir ghreadhnach a chuir thairis, agus iad a nis air tòiseachadh air òl agus air aighear.

" A dhaoin'-uaisle," ars' am breitheamh, " tha uine mhór a nis bho nach robh gloine cridheil againn le chéile—òlamaid m' an cuairt deoch-slàinte an Righ,

> 'S gu 'n tuit an làmh bho 'n uilinn
> De gach duine ni a diùltadh."

" Tha uisge-beatha a's feàrr agad an dràst na bha agad an uair mu dheireadh a choinnich sinn a' so, a Dhòmhnuill-nan-siolachan," ars' esan, agus e a' tionndadh ris an òsdair : " an deoch a bha agad an oidhche sin cha tairginn do m' chù i ! "

Mhol Dòmhnuill an t-uisge-beatha, agus na thaice ghabh na feara. Cha ruigear a leas tòiseachadh air a chur an céill có ris a tha a leithid so a chòdhail ann an tigh-òsda dùthcha coltach—is leòir r'a ìnnseadh gu 'n do thog am breitheamh fiachail air, uair-eigin mu mheadhon oidhche, a dheanamh a rathaid lùbhaich dhach-aidh mar a b'fheàrr a b' urrainn da. Ge ta, beagan m' an do thog e air, mar bha an t-olc anns na fir-lagh a bha 'n a chuideachd coid a rinn iad ach, gun eagal binne no breitheimh, gu 'n do chàirich iad na bha de spàinean airgid air bòrd Dhòmhnuill-nan-siolachan, ann am pòca a' breitheimh.

Mu ochd uairean 's a' mhaduinn an latha-arna-mhàireach dh' éirich ma laochan, ghlan e e féin. ghabh e lòn-maidne agus chaidh e stigh d'a sheòmar g' a chur féin an uidheam air son dleasnasan an latha.

" Tha mi," ars' esan r' a mhnaoi, " ga m' fhair-eachdainn mòran na 's fheàrr na bha sùil 'agam an déigh ruiteireachd na h-oidhche raoir."

"O, dhuine," fhreagair ise, "is mithich dhuibh fas glic agus sgur de 'n chleachdainn ghràineil so—tha an aois a' laidhe oirbh."

"Is faoin duit a bhi 'bruidhinn," ars' am breitheamh, aig a' cheart am a' cur a làimh ann am pòca a chòta-mhoir, an uair, ciod a b' iongantaiche leis na greim fhaighinn air làn an dusain de spàinean airgid Dhòmhnuill-nan-siolachan. Thilg e mach air an ùrlar iad. Le gnùis lan uamhainn agus nàire ghlaodh e—

"O Ealasaid !"

"Ciod air thalamh tha 'n sin, a bhreitheimh?"

"Am faic thu na spàinean sin !"

"An ainm an àigh c' àite 'n d' fhuair thu iad?"

"An d' fhuair mi iad ? Nach 'eil thu a' faicinn ainm Dhòmhnuill-nan-siolachan orra? Ciod a th' agad air no dheth ach gu 'n do ghoid mi iad !"

"Ghoid thu iad ?"

"Ghoid, gun teagamh 's a bith !"

"A dhuine mo ghaoil, cha 'n urrainn da sin a' bhith !—co uaith ?"

"Bho Dhòmhnuill-nan-siolachan thall a' sin ; tha ainm orra."

"A Rìgh 's a Ridire ! Ciod an aona bhuaireadh a thàinig ort ?"

"Is furasda sin innseadh, mo chreach ! bha an daorach orm an uair a thàinig mi dachaidh, nach robh ?"

"Cha 'n fhacas riabh air atharrach thu an uair a gheobh thu am measg nam fear-lagh sin."

"Ach an robh mi trom air mhisg ?"

"Bha thu, gu dearbh.'

"An robh mi *gu sònraichte* air mhisg ?"

" Bha thu cho làn ri buideal, agus cho stall-
achdach ri laogh-gogain."

"Bha mi 'smaointeachadh sìn ; " ars' am breith-
eamh 's e tuiteam 'n a shuidhe ann an cathair fo
bhuaireas mòr—" bha fhois agam gu 'n tigeadh e
gu so air a' cheann mu dheireadh. Bha mi riabh
fo amharus gu 'n tachradh breamas air chor-
eigin domh—gu 'n deanainn rud-eigin ceàrr—
gu 'n deanainn ciorram air cuid-eigin na 'n
éireadh orm—ach cha do shaoil mi riabh gu 'm
faicteadh an latha anns an tuitinn cho iosal 's
gu 'm bithinn ciontach de ghadaidheachd ! "

" Ach cha 'n 'eil fhios nach faod mearachd
eigin a bhi anns a' ghnothach."

" Cha 'n eil, cha 'n 'eil. Tha lan fhois agam
cia mar thachair e. Tha an slaightaire sin,
Dòmhnull-nan-siolachan a' reic an aon uisge-
beatha a's truaillidhe a dh' òl mac duine riabh—
uisge-beatha a bheireadh air duine gniomh
tàmailteach s' a bith a dheanamh. Is fhada bho
'n thuirt mi gu 'n robh e truuillidh gu leòir a
thoirt air duine goid, agus a nis tha dearbhadh
agam air ! " agus thòisich an seann duine bochd
air sileadh nan deur.

" Na bi ann ad leanabh," ars' a bhean agus i
a' tioramachadh a dheòir ; tog ort, glac misneach
agus rach an taobh a tha Dòmhnull-nan-siolachan
agus abair ris nach robh anns a' ghnothach air
fad ach feala-dhà. Rach agus fosgail am mòd
agus cha chluinn thu tuilleadh uime."

Ghabh e comhairle a mhnatha, dh' fhalbh e, 's
cha robh e duilich dha cùisean a chur ceart ri
Dòmhnull-nan-siolachan—oir, cha 'n e mhàin gu
'n robh cliù a' bhreitheimh, mar thigeadh d' a
leithid, os cionn amharuis, ach bha forais aig

Dhòmhnull mu 'n chleas a rinn na seòid air an oidhche roimhe. Ghabh am breitheamh 'àite-suidhe anns a' mhòd; ach thug daoine an aire gu 'n robh 'inntinn an dràst 's a rithist a' seacharan air falbh bho 'n chùis a bhiodh air a bheulaobh. Cha robh e idir cho deas agus cho soilleir 'n a bheachdan 's a b' àbhaist da.

An uair a bha obair a' mhòid a' tarraing gu crìch, chaidh duine uile, aingidh coltas a thoirt m' a choinnimh air son meirle. An uair a leugh cléireach na cùirte an sgriobhadh-casaid, chuir e a' cheisd ris a chiomach bochd—

"A bheil thu ciontach, no neo-chiontach ?"

"Ciontach—ach air mhisg," fhreagair am priosanach.

"Ciod a tha e ag ràdh ?" thuirt am breitheamh, 's e 'n a leth thura-chadal anns a' chathair.

"Tha e ag aideachadh a chionta, ach tha e ag ràdh gu 'n robh an daorach air," fhreagair an cléireach.

"Ciod a tha sibh a' cur as leth an duine."

"Tha meirle an-tromaichte."

"Ciod mar thachair ?"

"Ma 's e ur toil e," ars' am fear casaid, "tha sinn a' cur as leth an duine so gu 'n do ghoid e suim mhór airgid a tigh-òsda Dhòmhuuill-nan-siolachan."

"Seadh, agus ciod a tha e ag ràdh?"

"Tha e ag aideachadh a chionta, ach ag iarraidh gu 'n gabhar a leisgeul a chionn gu 'n robh an deoch air,"

Mhosgail am breitheamh a suas aig cluinntinn so.

" Ciontach—ach air mhisg ! Is neònach an dòigh thagraidh sin. A dhuine òig, tha thu cinnteach gu 'n robh thu air mhisg ?"

" Tha, le 'r cead."

" Agus c' àit' an d' fhuair thu an deoch ?"

" Aig Dòmhnull-nan-siolachan."

" An d' fhuair thu deur aig duine sam bith eile ?"

" Cha d' fhuair diochd, le 'r cead."

" Ghabh thu an daorach air a chuid dibhe an toiseach, agus an sin ghoid thu a chuid airgid ?"

" Direach sin, le 'r cead."

" Fhir-chasaid," ars' am breitheamh, " dean de chomhstath dhòmh-sa 'a chasaid a tha agad an aghaidh an duine so a thoirt air a h-ais. Tha uisge-beatha Dhòmhnuill-nan-siolachan dona gu leòir gu thoirt air duine nì tàmailteach sam bith a dheanamh. Ghabh mi fhéin an daorach dheth an raoir, agus a bheil fhios agad gu 'n do ghoid mi na bha de spàinean airgid air a' bhord ! Leigibh mar sgaoil an duine bochd so. Tha am mòd a nis thairis."

Eadar le I. B. O.

BLAR NA STAIRSNICH.

Is fuathasach an uaill 's an othail a bhois air daoine mu 'n blàraibh, an euchdan-cogaidh, an gaisgich anmeil, chliùiteach. 's cha 'n 'eil fhois ciod ; agus cha 'n iad a mhàin na blàraibh féin a tha iomraiteach—feumar farum mòr a dheanamh mu eachdraidh nam blàr fo linn 'Oisein a nuas gus an tuasaid mu dheireadh a thachair 'n ar

linn 's 'n ar latha féin. Am fear a's deise 's a's
eireachdaile 'chuireas an céill do 'n t-saoghal mu
threubhantas nan curaidh a sheas no 'thuit 's an
strì, tha e air 'àrdachadh gus an t-ionad a's àirde
'n am measg-san a tha air am meas airidh air
fleasg 's air suaicheantas na h-onoir. Cha 'n
'eil mi ach a' tighinn thairis air ga m' neartachadh
anna bhi a' tagradh gu 'm faigheadh mo bhana-
charaid labhrach, Màiri Nic-an-Rothaich a h-àite
féin am measg na dream a mheasar airidh air
cliù nam bàrd 's nan eachdraiche; oir tha mi
dearbhte nach 'eil i dad air dheireadh air an
fhear a's cumhachdaiche dhiubh 'n uair a théid
i an cinnseal sgeòil mu na batailtean a chunnaic
a dà shùil féin. Agus tha aon bhuaidh air a'
naidheachdan : tha iad a' sruladh a mach as a
beul gun umhail sam bith aice gu bheil i a' cur
an céill ni air bith ùr no annasach. Thachair mi
oirre an latha roimhe 's mi a' gabhail ceum a
sios an rathad. Dh'aithnich mi air a h-aodann
gu 'n robh rud-eigin sònraichte air a h-inntinn.
M'am b' urrainn domh facal a radh thuirt i, " A
bhèan mo gràidh, nach 'eil naidheachd agam
dhuit !"

Arsa mise, " Ma 's naidheachd mhath i mar
a's luithe chluinneas mi i 's ann a's fheàrr."

" Cha 'n 'eil 'fhios agam," ars' ise, " có dhiùbh
their thu gur math no gur h-olc i ; ach 'd é do
bharail, 'n uair dh' ìnnseas mi dhuit gu 'n robh
blàr na dunach air an stairsnich an dé eadar
Anna bean Iain-Mhòr, Peigi bean Dhonnachaidh
Mhìch il, agus Màiri bean Dùghaill Mhic-
Phàrlain.

" Is naidheachd sin da-rìreadh, fhreagair mi.
" Naidheachd," ars' ise, " ris an robh sùil agam

o chionn iomadh latha. Cha b' urrainn do 'n
chàirdeas ud a bhi buan bha iad dìreach
gairsinneach—'nan grain do 'n choimhearsnachd
gu h-iomlan—Nic-Ille-Mhìcheil 's an dara ceann,
bean Iain-Mhóir 's a' cheann eile, agus Nic-
Phàrlain 's an tigh mheadhoin. Bho mhoch gu
dubh bha an dorsan sìnnte fosgailte, 's rachadh
iad a mach 's a stigh, 's ghlaodhadh iad a mach
's ghlaodhadh iad a stigh, 's cha robh creutair a
thigeadh an rathad nach feumadh iad a bhi mach
aig na dorsan a' spleuchdadh air; agus b' i Nic-
Phàrlaim—o nach 'eil duine cloinne aice féin—a
b'aon tràill do 'n dithis eile ; cha 'n fhaiceadh tu
i o mhoch gu fesgar nach robh cuid d' an iseanan
aice air a gàirdean. Ach cha 'n fhaca mi a bheag
de mhath riubh ag éirigh o 'leithid so de
chàirdealachd, 's cha mhò 'chunnaic mi e a'
marsainn fada. Bha, uime sin, ioghnadh orm
cuin a thigeadh e gu aon-cheann ; ach 's beag
sòil a bh' agam gu 'n tigeadh e le cho beag aobh-
air. Tha e coltach gu 'n robh an dà bhalachan,
mac Peigi Mhìcheil, agus mac Anna Iain-Mhóir,
a' cluicheachd mu na dorsan agus air son ni-
eigin faoin chaidh iad thar a chéile, mar is tric
a ni clann bheag, agus ghabh an dithis am
badaibh a chéile. Tha na balachain mu 'n aon
aois, thar a tha fhios agad, agus bha 'choltas air
an strì gu 'm biodh i righinn. Tha mac Anna
cuid mhath na 's mò d' a aois na am fear eile
agus bha 'shaod air làmh an uachdar fhaighinn
thairis air Mac-Ille-Mhìcheil, 'n uair thàinig
Peigi Mhìcheil a mach agus thugaidh i sgailc 's
an leth cheann do mhac Anna Iain-Mhoir. Ach
mo chreach 's mo sgaradh i bu mhath dhi na 'n
do ghleidh i a dà làmh aice féin oir có 'bha ag

amharc oirre ach Anna i fhéin, agus gun fhacal
a ràdh, a mach thàinig i agus rinn i a leithid eile
air mac Peigi Mhìcheil, agus thòisich a' bhrion-
glaid ann an da-rìreadh. Thuirt Peigi Nic-Ille-
Mhìcheil 'gu 'm bu neònach leatha Anna Iain-
Mhóir a dh' fhuilingeadh do sgonn balaich coltach
ri a mac, buille 'thoirt do 'n leanabh.'

"'An leanabh!' arsa Anna Iain-Mhóir, 'is i
mo bharail gu bheil e cho sean ris-san; agus na
'm biodh a chuid bìdh a' dol ann an craicionn cho
fallain, dh' fhaodadh e bhi a cheart cho mòr ris;
ach,' ars' ise, 'thàinig e de chinneach truaillidh
co dhiubh,'

"'Cinneach truaillidh!' arsa Peigi Mhìcheil.'

"'Seadh dìreach cinneach truaillidh, arsa
Anna, 'ciod a tha 'n a athair ach an troicheilein
truaillidh, bochd?'

"'Is feàrr a bhi beag,' arsa Peigi Mhìcheil
'agus a bhi iomlan, na bhi mòr agus a dh-easbh-
uidh cuid d' a bhuaidhean; taing do 'n Fhreasdal
tha a chlais-teachd aige.'

"Bha so 'n a bhuille trom do dh-Anna; oir
tha e coltach gn bheil Ian-Mór ro mhaol 's a'
chlaisteachd, agus tha iad a' feuchainn r' a
chumail uaigneach. Cha 'n 'eil fios cuin a
sguireadh na mnaithean mur tuiteadh do Mhàiri
Nic-Phàrlain tighinn a mach. Ars' ise, 'Nach
sibh an da òinseach, a' deanamh a leithid de
iorghuill mu chònnspaidean cloinne. Shaoil mi
gu 'n robh tuilleadh gliocais agaibh. Bidh a
chlann a' falbh 's an làmhan gu càirdeil mu
amhchannan a chéile, agus sibhse a' cumail suas
gamhlais agus droch rùin; ach na 'm biodh sibh
a' deanamh mar bu chòir dhuibh, agus 'g an

gleidheadh taobh a stigh nan dorsan, bhiodh na bu lugha cònnsachaidh ann.'

" 'Nach ann agad a tha 'n dearg aghaidh,' arsa Anna Iain-Mhoir.

" ' Cha 'n 'eil mi 'faicinn ciod e an gnothach a tha agadsa buntainn ris a' chùis,' arsa Peigi Mhìchéil, ' ach cha ghnothach doirbh do chuid cloinne-se chumail aig an tigh.'

" ' Cha 'n eadh gu dearbh,' arsa Anna Iain-Mhoir, ' cha chuir iadsan na truaghain bhochd, moran dragh, air a choimhearsnachd !'

" Nis tha fios agad féin nach 'eil Màiri Nic-Phàrlain 'n a boirionnach cònnspaideach ; thill i air a sàil, chaidh i stigh, dhùin i an dorus, agus rinn a dithis eile mar an ceudna.

" Ach is fhada m' am b' e so a bu deireadh do 'n chluich ; bha aig Peigi Mhìcheil coinghioll poite bho Anna Iain-Mhór ; cha luaithe bha a dorus dùinte na thilg i fosgailte e, agus a' sin a' fosgladh dorus Anna, thilg i stigh a' phoit ag ràdh, ' So, sin agad do phoit ; agus ciod a th' agad air ach gu 'n do bhrist i a' phoit.

" Ach, air an laimh eile, bha Anna Iain-Mhoir gu bhi cho fada mach rithe féin ; oir tha e coltach gu 'n robh aice-se coinghioll d' an eachan aig Peigi Mhìcheil ; agus an uair a bhi i 'g a shlaodadh a mach gu thilgeil a stigh mar a rinn an te eile air a' phoit, thàinig i tarsainn air ciobhall an doruis leis agus bhrist i e. Bha an dà chailleach mar so air an aon ruith—rinn an t-eachan briste mu choinneamh na poite briste.

Dhùin iad an dorsan a rithist agus shaoileadh tu gu 'n robh gach nì thairis ; ach thachair gu 'n robh an trì fir phòsda, Donnachadh Mac-Ille-Mhìcheil, Iain-Mòr, agus Dùghall Mac-Phàrlain, a' tighinn dachaidh còmhladh aig a' cheart àm ud agus sheas iad a bruidhinn car tiota mu choinneamh an doruis. Mar bha an còmhradh gu bi thairis a mach chuir Anna Iain Mhòir a ceann, agus ars' ise gu crosda. 'Iain-Mhoir, thig a stigh thun do bhrochain, agus na bi a seasamh a' sin ri goileam gun seadh ; b'fheàrr leam gu 'n taghadh tu do chuideachd.'

Bha na trì fir a, tionndadh m' an cuairt le ioghnadh, an uair tharraing Peigi Nic-Ille-Mhìcheil an aire, ag ràdh gu h-athaiseach, diongmhalta, 'Seadh, a Dhonnachaidh Mhic-Ille-Mhìcheil, thig a stigh 'us gabh do thea agus leig le Iain-Mhor dol a stigh a ghabhail a bhrochain —brochan, brochan, brochan a ghnàth ; cha 'n iongantach an duine truagh a bhi bodhar ; tha a chlaigeann tiugh, stallachdach air a dhinneadh làn brochain."

" Fhreagair bean Iain-Mhoir a cheart cho athaiseach agus neò-ar-thaing cho nimheil ris an té eile, 'Seadh Iain-Mhòir thig a stigh thun do bhrochain agus leig le Donnachadh Mìcheil dol a stigh thun a thea ; tha an duine truagh bochail mu 'n tea ; is e a' chiad fhear d' an t-sliochd no d' an ghinealach a bhlais riabh teà ; cha mhor teà ; a fhuair 'athair, Dòmhnull, a bhàsaich an tigh-nam-bochd.'

" Bha Peigi Mhìcheil dol a' fhreagairt le rudeigin a ràdh mu shìnnsreachd Iain-Mhòir, a b'àbhaist, a réir iomraidh, a bhi a' togail chorp ; ach chuir an dà fhear pòsda stad air an t-seanchus le fheòraich ciod air talamh a bu chiall do 'n chainnt sgainnealaich so. Thòisich an dara té air cur as leth na té eile gu 'n do leth-mharbh i

K

a balachan ; agus cha robh a shaod air na fir gu
'n tuigeadh iad cuisean idir, 'n uair a chuir
Donnachadh Mac-Phàrlain, aig a bheil teanagadh
glé sgaiteach, a mach a cheann 's thuirt e,
' Fhalbh, fhalbh, cha 'n 'eil ann ach dà chat a'
cur a mach air a chéile mu 'n cuid phiseag.'

" Thug so an gnothach gu aoncheann ; oir dhi-
chuimhnich an dithis bhan an cònnsachadh féin,
leis a' chorruich anns an do chuir iad iad féin a
chionn de dhànadas a bhi aig Mac-Phàrlain
' piseagan ' a ràdh ri 'n cuid clionne-san. Cha
bu mhath leamsa tighinn thairis air a' chainnt a
ghnàthaich iad ris. Faodaidh tu bhi cinnteach
nach do dhi-chuimhnich iad innseadh dha nach
'eil ' piseagan ' idir a' cur dragh airsan. Tha mi
dearbh-chinnteach gu 'm b'fheàrr le Mac-Phàr-
lain gu 'n do ghleidh e a theangadh 'n a phluic
oir bidh a cheann air liathadh m'an cluinn e a'
chuid mu dheireadh de ' na cait 's an cuid phis-
eagan.' Coma co dhuibh, tha na coimhearsnaich
a' cumhail an dorsan dùinte 'nis, 's cha chreid
mi nach faigh sinn sìth gu dol a mach 's a stigh
an dà latha so gun sùilean a h-uile aon a bhi
oirnn mar a b' àbhaist."

" Sin agaibh naidheachd Màiri Nic-an Roth-
aich, facal air an fhacal mar fhuair mise i ; tha
mi an dùil gu 'n aidich sibh gur airidh am boir-
ionnach gleusda air cùileig bhig am measg na
muinntir a dh'aithris dhuinn mu na blàraibh
ainmeil a choisinn cliù do 'r dùthaich.

Eadar. le I. B. O.

TURAS PHARAIG AN TIGH-MHOR.

"Ciamar a chaidh dhuit 's an tigh-mhòr a
Phàraig"? "Ma ta, a Mhàiri, ìnnsidh mi sin
dhuit. Bha eagal orm, le 'r cead," arsa mise, an
déigh dhomh sùil a thoirt m' an cuairt agus gun
mi faicinn coltas bìdh air bòrd no an àite eile ;
"bha eagal orm gu 'n robh mi air dheireadh."
"O, cha 'n 'eil idir ;" ars' esan, agus e a
gàireachdaich, "cha 'n 'eil an dìnneir againn aig
am sa bith gu seachd uairean ; ach tha mi toil-
ichte gu 'n d' thàinig thu cho tràthail " "Seachd!'
arsa mise rium fhéin, "tha sin ceithir uairean
an uaireadair bhuainn fhathast, agus mi an impis
fannachadh leis an acras mar tha, an déigh
tighinn a leithid a dh-asdar, agus gun sìon saogh-
alta itheadh bho ochd uaiream anns a' mhadainn.
Aon uair dheug thrasgaidh ! ciod air thalamh a
ni mi ? Bidh latha agus bliadhna m' am faic
iad mise a' tighinn gu m' dhìnneir an tigh-mhór
a rithist."

Bha mise ann a' sin, ma ta, a' Mhàiri, a' sean-
chus agus ag amharc m'an cuairt orm fad cheithir
uairean fada an uaireadair ; mi air tolladh leis
an acras, agus cha leigeadh mo mhodh no mo
nàire leam facal a ràdhuinn. Mu dheireadh, an
uair nach mor nàch robh mi air toirt thairis, dh'
fhosgail an dorus, steòc duineachan-uasal grinn
ann an deise shioda dheirg a stigh, agus dh'
innis e dhuinn gu'n robh an dìnneir deas. "Cha
chuala mi ceòl riabh aig eun anns an doire a's
binne leam na sin," arsa mise, agus mi ag
éisdeachd ris. Le so dh' éirich gach duine uasal
a bha 'n sin air a chasan, shìn gach fear a
ghàirdean do mhnaoi-uasail air chor-eigin agus

a mach ghabh iad mar gu 'm b' ann dol a dhannsadh a bha iad. Bha an dinneir an sin deas, glan ; ach is e an rud a bu mhò thaitinn rium na lasgairean a dh' ainmich mi cheana—luchd nan deiseachan sioda dearg. Ged a b' iad féin a b' eireachdaile agus a b' uaisle coltas anns a' chuideachd, bha iad ann a' sin cho iriosal a' togail air falbh nan soithichean bhàrr a' bhùird, agus a' freasdal do gach math agus dona bha 'làthair.

Shuidh mi fhéin am broilleach na cuideachd. "Ciod a bhios agad, a Phàraig," arsa Moraire Dhun-spàlaig rium fhéin ? " Ma ta, le'r cead," thuirt mi, "bho 'n is sibh féin fear-an-tighe, an rud a bhios agaibh is cinnteach gu'r e a's feàrr ; gabhaidh mi cuid de, ma 's e ur toil e." Shìn e dhomh cuid d' an rud a bh' ann. Is gann a ràinig mi an darna lan-beòil an uair a thionn-daidh e rium a rithist, ag ràdh, "A Phàraig, tha a' Bhana-Mhoraire ag amharc ort." " Ma tha, le 'r cead," arsa mise, 's gu 'n fhios agam ciod a bha na 'beachd, " is e làn dìth a beatha, agus cha b' urrainn di dà shùil a bu bhòidhiche bhi aice gu sin a dheanamh." Rinn a' h-uile h-aon de na h-aoidhean glag gàire." " Is e tha mi a' ciallachadh, a Phàraig," fhreagair am Moraire a rithist, " gu bheil a' Bhana-Mhoraire deònach òl air do shlàinte." "O, tha mi agaibh a nis," thuirt mi ris, "le m' uile chridhe, a bhean-uasal mo ghaoil ; air ur deadh shlàinte !" Ach, a Mhàiri, an uair a bha mi a' bruidhinn ris a' Bhana-Mhoraire. ciod a rinn fear de luchd nan cotaichean dearga ach gu 'n do chuir e a làmh a nall fo m' achlais, agus m' an deanadh tu fead, sgioblaich e air falbh an trìnnseir a bha air mo

bheulaobh, 's gun mi ach gann air beantainn de
mhìr de na bha air. Am peasan ! na 'n d' fhuair
mi greim air, dh' ithinn a h-uile mir d' a chorp,
gun im, gu salann :--ach bha nàire orm a ghairm
air ais a rìs ; agus m' an robh uine agam air
cuideachadh eile d' an itheannaich iarraidh,
chaidh gach nì a bha air a' bhòrd a thogail gu
glan, buileach air falbh. " Och mo chreach, a
Phàraig," arsa mise rium fhéin, " an e so na tha
thusa dol a dh-fhaighinn ri itheadh a nochd ! "
Ach m' an abradh tu trì facail, chaidh dìnneir
ùr a chàradh air a' bhòrd, agus na taice ghabh iad
cho dian 's rinn iad roimhe.

Fhuair mi greim feòla, agus, " A nis," thuirt
mi, " tha dòchas agam gu 'm faigh mi cothrom
làn beòl ithead an sìth agus an suaimhneas," ach
cluinnear am Moraire ag radh, " A Phàraig, so
air do shlàinte !" " Le m' làn dheòin," arsa mise,"
agus mi a' cromadh mo chinn gu modhail ach
beag a sios thun a' bhùird. Am feadh a bha
mise ag òl air a' Mhoraire, ciod a chunnaic mi
ach am fear dearg a dh' ainmich mi cheana a
seapadh a làimhe a stigh gu bhi aig mo thrìnn-
seir a rithist, agus mi gun urad agus air deargadh
air. Rug mi air le m' leth-laimh. ·" Air d'
athais," arsa mise, " ille mhaith, ma 's e do thoil
e. Cha 'n 'eil mi réidh dhe so fhathast."
Thòisich a chuideachd uile air gaireachdaich, gus
nach mòr nach robh cuid de na mnathan-uaisle
a' tuiteam bhàrr an cathraichean. Thairg fear
de na daoine-uaisle òl orm fhéin, agus an sin fear
eile, agus fear eile, air alt 's nach d' fhuair mi
cothrom air aon mhìr fheuchainn gus an robh
na bha air a' bòrd air a sguabadh air falbh a
rithist.

" Fhuair thu am buille-druididh mu dheireadh,
a Phàraig," arsa mise, "théid thu bàs leis an
acras." Ach Moire, cha'n ann mar sin idir a
a bha, a Mhàiri; is ann a chaidh an treas
dìnneir a ghiùlan a stigh! Chaidh, gun fhacal
bréige! "O," thuirt mise, "tha mi a' faicinn
mar tha, a nis—aon uair 's gu'n tòisich iad air
itheadh, cha sguir iad. "Is olc a shéideas gaoth
nach séid an seòl fir-eigin; gheobh mi rud-eigin
air a' cheann mu dheireadh." Fhuair mi greim
air mo thrìnnseir an treas uair, agus dìreach an
uair a bha mi brath dol an cinnseal ithidh, rinn
fear a bha na 'shuidhe làmh rium cagar—" Ciod
a thàinig eadar thu féin agus na mnathan-uaisle,
a Phàraig, an uair nach 'eil thu ag òl air a h-aon
diubh?" "Gabhaidh mo leisgeul," arsa mise,
" An e sin modh?" "Is e gun teagamh," thuirt
esan, "nach 'eil thu a faicinn a' h-uile duine-
uasal aig a' bhòrd ga dheanamh?" Agus cinn-
teach gu leòir bha iad sin. Air ghaol a bhi suas
ri càch, ma ta, thòisich mi agus dh' òl mi orra gu
léir, aon an déigh aoin, m'an cuairt am bòrd agus
is gann a bha mi aig an té mu dheireadh, an uair
a thàinig mo charaid, fear a' chòta dheirg, agus
air falbh a bha gach nì a bha mu m' choinneamh,
m'an abradh tu be sud e. Cha robh atharrach
air.

Shuidh mi mar bh' agam. "Cha 'n 'eil fhios
ciod an ath rud a thig," arsa mise. Cha robh
mi fada a' feitheamh, an uair a chunnaic mi iad
a' tighinn agus a cur mu choinnimh gach aoin a
bha aig a' bhòrd, glaine mòr làn de dh-uisge fuar
as an tobar. O, leth na bochdainn, a Phàraig,"
arsa mise " is neònach an rud modh." Togar an
glaine agus òlar gach deur a bha ann. An uair

a chunnaic mo dhuineachan dearg so lìon e suas
a rithist e, agus ma lìon, thràigh mise a h-uile
diod ga thoileachadh : ach an uair a mhothaich
mi e dol ga lìonadh an treas uair, cha mhór nach
do thionndaidh mo ghoile, "An truaigh spread
tuille," arsa mise, ma 's e do thoil e." Shaoil mi
gu 'n caillinn sealladh mo dhà shùl an uair a
chunnaic mi gach fear agus té a bha an sin a'
tumadh an làmhan anns na glaineachan agus ga
'n glanadh aig bòrd na dìnneireach ! "Ma ta,
ma ta, a Phàraig," arsa mise, "cha 'n fhaca tusa
riabh roimhe gus an diugh a leithid so de
mhodh. Sin agad a Mhàiri mar a chaidh dhòmh-
sa 's an tigh-mhòr, 's tha mi coma gar an tig an
latha a bhios mi rithist ann."

Ead. le I. B. O.

MAIRI AGUS AN T-*ADMIRAL*.

Is cleachda leis na Goill a bhi ri fochaid air
na Gàidheal bhochd', air son cho aineolach,
maol-theangach 's a gheibhear iad an coitcheannas
an uair a dh' fheuchas iad ris a' Bheurla ; agus,
air uairibh, cha 'n 'eil teagamh nach bi iad a'
deanadh thuislidhean agus mhearachdan glé
neònach ; ach dona 's mar tha na Goill, cha 'n
'eil daoine air bith ann a tha ni 's toithiche air
a' bhi a labhairt deth a chéile, agus ri fala-dhà
neo lochdach de gach seòrsa, na na Gàidheil iad
féin. Tha an sgeulachd bheag a leanas glé
chumanta ann an cuid de cheàrnan de Earra-
ghàidheal agus theagamh gu 'n toir i gàire air mo

luchd-éisdeachd. Cha 'n 'eil mise 'dol a ràdh co-
dhiù a tha i fìor no nach 'eil ; ach cia mar 's am
bith a bhàtar 's an àm a dh' fhalbh, is cinnteach
mi nach faightear ann an ceàrna d' an Ghàidheal-
tachd an diugh, aon fhear no té cho fada air an
ais 's nach bitheadh fios aca co dhiù 'bu bheath-
ach no duine a bha ann an *Admiral.*

Bha aig boireannach deanadach, glic, aon uair,
tabhartas beag de uibhean ri chur a dh'ionnsuidh
an Tigh-Mhòir.   Air dhith an cur a suas gu
tèrruinte ann am bascaid, ghairm i an searbhanta,
caileag òg gun mhòran de eòlas an t-saoghail,
agus dh' earailich 'us sheòl i dhi cia mar a
ghluaiseadh i i-féin aig an Tigh-Mhòr.   "Is
bitheanta," ars' ise, " leis an *Admiral* e féin a bhi
'gabhail a shràid fo sgàil nan craobh anns an
rathad-dhìomhair eadar an Tigh-Mòr agus an
geata, agus ma thachras e ort feuch gu 'm bi thu
fìor mhodhail 's gu 'n toir thu a' h-uile urram da.
Ma dh' fheòraicheas e dhiot co as a tha thu, no
c' àite am bheil thu 'dol no ciod a tha agad,
innsidh tu dha gu pongail, 's bi cinnteach gu 'n
abair thu, *Le 'r cead*, aig deireadh gach freagairt
a bheir thu dha   Aithnichidh tu an t-*Admiral*
cho luath 's a chì thu e le cheum flathail, àrd ;
agus is àbhaist da sràidimeachd am bitheantas
le 'churrachd-oidhche dearg air mar chòmhdach
cinn ; agus a nis, a Mhàiri, bi 'falbh agus mo
bheannachd a' d' chuideachd !"   Thog a' chaileag
bhochd orra gu sùrdail, làn de na comhairlean a
fhuair i ; ràinig i an geata mòr 's ghabh i a stigh.
Air dhi a bhi 'dlùthachadh air an tigh faicidh i
coileach Frangach briagh a' steòcadh a nuas 'n
a coinneamh cho moiteil 's ged a bu leis féin an
oighreachd—earball sgaoilte 's e 'cur smùid as an

talamh le bàrr a sgiathan—"Ma tha *Admiral* 's
an dùthaich," thuirt i rithe féin, "is e so e. Có
nach faodadh aithneachadh le 'cheum mòrail,
uasal, 's mar a tha e a' dlùthchadh orm, comh-
arraichidh mi gu soilleir a churrachd dearg ceart
mar a thuirt mo bhana-mhaighstir. Ach is
mithibh a bhi bogadh nan gad' so e 'tighinn!"
Bhog an coileach a cheann mar fhìor duin' uasal
's chuir e fàilte chridheil orra. Arsa Màiri, agus
i aig a' cheart àm a' deanadh a beic. "Tha mi
á Lismòr, le 'r cead, le 'r cead." Thug an
coileach an dara miolaran as.—"Tha mi 'dol d'
an Tigh-Mhòr, le 'r cead, le 'r cead." An treas
uair thug e guileag sùnndach as, agus fhreagair
Màiri, "Uibheann chearcan 'us gheadh, le 'r cead,
le 'r cead." Le so leig e seachad i. Rinn i a
gnothach 's thill i gun 'fhaicinn tuillidh. An
uair a ràinig i dhachaidh dh'fheòraich a bana-
mhaigstir cia mar a chaidh dhi. Chaidh gu
math 's gu ro mhath." Am faca tu an
t-*Admiral?*" "Is mi a chunnaic,—an t-uasal
grinn, cùirteil, agus fhreagair mi a' h-uile ceisd
a chuir e orm, ged is i *Fraingis* a labhair e!"

I. B. O.

FAR AM BI AN TOIL BIDH AN GNIOMH.

Ruairidh Mor.—Madainn mhath dhuit, a
Cholla; tha toil agam turas a ghabhail an diugh,
agus thàinig mi a dh-iarraidh tacain d' an làir
bhàin agad.

COLLA BAN.—Gheobhadh tu sin le deadh dheòin agus le m' uile chridhe, ach tha agam fhéin ri dol an mhuilean air toir mine do 'n mhnaoi.

RUAIRIDH.—Cha 'n 'eil am muileann a' dol an diugh ; chuala mi fhéin am muillear ag ràdh gu 'n robh an t-uisge ro iosal.

COLLA.—Is ceàrr an gnothach sin. Feumaidh mi falbh do 'n bhuaile-mhargaidh cho luath 's is urrainn domh, oir chuireadh mo bhean a mach as an tigh mi na 'm biodh an geàirneal falamh.

RUAIRIDH.—Caomhnaidh mise an dragh sin duit, oir tha pailteas mine agam ; bheir mi dhuit an coingheal na chuireas seachad sibh gus an atharraich an t-sìd, agus am bi uisge ann air son a' mhuilinn againn fhéin.

COLLA.—Cha chòrdadh a' mhin agadsa ri m' mhnaoi-se ; tha i ro duilich a thoileachadh ann am min.

RUAIRIDH.—Biodh i cho àilleasach 's a thogras i, còrdaidh i rithe ; nach ann bhuait féin a cheannaich mi an sìol, agus thuirt thu rium nach robh na b' fheàrr riabh agad.

COLLA.—Ma's ann bhuamsa a fhuair thu an sìol feumaidh e bhi math ; cha robh droch shìol riabh am shabhal. Cha 'n 'eil duine air an t-saoghal, fhir mo chridhe, do 'm bu luaithe a nochdainn caoimhneas no do 'n deanainn comh-stadh na dhuit fhéin ; ach dhiùlt an làir bhàn a ceannag fheòir an diugh 's a' mhadainn, agus is mor m' eagal nach 'eil i comasach air falbh leat.

RUAIRIDH.—Na biodh eagal ort ; bheir mi fhéin dhi gu leòir de shìol air an rathad.

COLLA.—Tha 'choltas air an latha a bhi ceòthar ; bidh an rathad sleamhainn, agus cha 'n 'eil fhios agam nach rachadh tu fhéin agus an làir as an amhaich.

RUAIRIDH. Cha 'n eagal dhuinn ; tha an làir bhàn math a chumail a cas—thoir a mach i.

COLLA.—Nach mi-fhortanach an gnothach gu bheil an diollaid air dol á sgaid ; agus tha an t-srian air falbh ga 'càradh.

RUAIRIDH.—Tha an dà chuid diollaidh agus srian agam fhein.

COLLA.—Cha fhreagair do dhiollaid-se do 'n làir bhàn.

RUAIRIDH.—Mur fhreagair gheobh mi coin-gheall diollaid Iain Thòmais.

COLLA.—Cha fhreagair diollaid Iain Thòmais na 's fheàrr na do dhiollaid fhéin.

RUAIRIDH.—Théid mi a suas do 'n tigh-mhor ; is aithne dhomh fhéin an gille-stàbuill, agus tha fhios agam gu 'm faigh mi té am measg nam ficheadan a tha an sin a fhreagras do 'n làir bhàin.

COLLA.—Cha 'n 'eil teagamh nach fhaigh, a charaid ; cha 'n 'eil duine fo 'n ghréin do 'm bu deise mi gu comhstadh a dheanamh na thu fein, agus gheobhadh tu an làir bhàn le m' uile chridhe, ach cha deachaidh cìr air a gath-muinge o chionn mios, agus na 'm faiceadh daoine i anns a' bhaile mar tha i bheireadh e a nuas a prìs gu mor na 'n rachainn ga 'reic.

RUAIRIDH.—Cha 'n fhada ghabhas duine a' cur eich an òrdugh. Ni an sgalag agam fhéin a h-uidheamachadh ann am beagan uine.

COLLA.—Cha 'n 'eil teagamh air sin, ach ma 's math mo chuimhne tha i am feum a cruidheadh.

RUAIRIDH.- Cha 'n 'eil a' cheàrdach fad as.

COLLA.—An e gu 'n leiginnse leis a' ghobhainn mhor an làir bhàn a chruidheadh! Cha 'n earbainn m' asail ris. Cha leig mi le gobhainn sam bith ach fear an Tuim-uaine an làir bhàn a chruidheadh.

RUAIRIDH.—Nach fortanach gu bheil agam ri dol seachad air dorus na ceàrdaich sin ; gheabh mi a chruidheadh 's an dol seachad.

COLLA (Agus e a' faicinn a ghille-stabuil aig ceann an t-sabhail).—An cluinn thu, Iain.

IAIN.—Tha mi a' cluinntinn ; 'd é b' àill leibh ? (Agus e a' tighinn a dh-ionnsuidh a mhaigh-stir.)

COLLA.—So agad Ruairidh Mor ag iarraidh coingheill d' an làir bhàin ; tha fios agad gu bheil creuchd air a druim cho mor ri m' bhois. (Chaog e ri Iain.) Seall an do leigheis i. (Thuig Iain ciod a bu chiall do 'n chaogadh agus dh' fhalbh e.) Tha mi a' smuaineachadh gu 'm bu chòir do 'n chreuchd a bhi slàn a nis. Tha mi toilichte gu bheil e am chomas comhstadh a dheanamh dhuit ; feumaidh daoine a cheile a chuideachadh anns an t-saoghal so. Is briagh leam fhéin daoine fhaicinn càirdeil agus comhstach. Na 'n do dhiùlt mi thu an toiseach theagamh gu 'n deanadh tusa a' cheart leithid ormsa aig àm eile. Tha mise de nàdur cho soirbh nach urrainn domh caraid a dhiùltadh. (Iain a' tilleadh as an stabul.) A bheil a' chreuchd air leigheas ?

IAIN.—Air leigheas ! Cha bhi craicionn slàn oirre an ceann mios. Thuirt sibhse gu 'n robh an lot mu mheud ur boise ; cho mor ri beantaig a bu choir dhuibh a ràdh. Cha chuir an làir bhàn cas foidhpe air a' mhios so.

COLLA.—Tha mi ro dhuilich, a charaid, gu bheil gnothaichean mar tha iad, oir bheirinn an saoghal air son do sheirbhiseachadh aig an àm so; ach tha thu fein a' faicinn nach 'eil e am chomas.

RUAIRIDII.—Tha mi ro dhuilich a chluinntinn air do sgàth fhéin. Bha litir agam bho 'n àrd-mhaor-choille ag iarraidh orm tighinn a stigh do 'n bhaile na 'choinneimh; tha e 'dol a shuidheach-adh gearradh na coille orm. B' fhiach so cuid mhath dhòmhsa, agus bha mi an dùil a' chairt-eireachd a thoirt duitse, agus b'fhiach sin leth do mhàil dhuit; ach—

COLLA.—Leth mo mhàil! a dhuine chridhe!

RUAIRIDII—Theagamh tuilleadh 's sin; ach bho nach urrainn duit an làir bhàn a thoirt dhomh is feàrr domh taghal air Iain Mòr a dh' fheuchainn an toir e dhomh an t-each glas.

COLLA.—Nàraichidh tu mise ma ni thu sin; stad, stad, agus gheobh thu an làir bhàn. An e gu 'u diùltainn an caraid a's fheàrr a th' agam!

RUAIRIDII.—Ciod a ni thu air son mine do 'n mhnaoi?

COLLA.—Tha 's a' gheàirneal na dh' fhóghnas dhi gu ceann ceithir la deug fhathast.

RUAIRIDII.—Ach nach 'eil do dhiollaid à sgaid?

COLLA.—Is i an t-seann té a tha mar sin. Tha té ùr agam air nach do shuidh duine riabh, agus gheobh thu a' chiad latha dhi le 'm uile chridhe.

RUAIRIDII.—An cruidh mi an làir bhàn aig ceàrdach an Tuim-uaine anns an dol seachad?

COLLA.—Cha robh cuimhne agam gu 'n d' fhuair mi a cruidheadh aig a' ghobhainn mhór a dh' fhaicinn ciod an dreach a chuireadh e oirre, agus, a dh-innseadh na firinn, rinn e an gnothach na b' fheàrr na shaoil mi a dheanadh e e,

RUAIRIDH.—Nach d' thuirt Iain riut gu 'n robh creuchd air a druim cho mor ri beantaig ?

COLLA.—Cha 'n 'eil annsan ach an t-abharsair breugach. Cuiridh mi geall nach 'eil a' chreuchd na 's mò na ionga d' òrdaig.

RUAIRIDH.—Feumaidh i a cìreadh co dhiubh : nach d' thuirt thu nach deachaidh cìr oirre o chionn mios ?

COLLA.—Mu thruaigh an gille-stàbuil mur cìreadh e i a' h-uile latha !

RUAIRIDH.—Thoir dhi siol, ma ta ; nach do dhiùlt i a boitean maidne ?

COLLA.—Ma dhiùlt is ann bho 'n fhuair i gu leòir de shìol. Na biodh eagal ort ; falbhaidh i mar a' ghaoth. Tha an rathad math ; cha 'n 'eil coltas uisge no ceò air. Turas sabhailte dhuit, agus soirbheachadh math dhuit fhéin agus do 'n mhaor-choille. Tog ort ; leum a suas !

AM FEAR A GHOID A' MHUC.

Bha ochd teaghlaichean a' fuireach anns a' Chlachan ri m' chiad chuimhne-se. Na 'm measg so, bha Seumas Gobhainn, duine dàchail, pongail, aig an robh bean bheag agus teaghlach mor : Calum Tàilleir, seana-ghiullan cridheil, gleusda —òranaiche fonnar, agus fìdhleir barraichte— 'na làn-dhearbhadh air firinn an t-sean-fhacail— " Ciad tàillear gun 'bhi 'sunndach ;" Dùghall

Ruadh Greusaiche, duineachan geur, sgairteil, gu
math fada 's a' cheann; 's cho làn phratan 'us
feala-dhà 's a tha 'n t-ubh dhe 'n bhiadh. Ged
a bha ceum-crùbaich 'an Dùghall,

"Bha aigne cho reachdmhor ri breac ann am bùrn,"

agus bha e cho lùghor, laidir, ri duine gun
ghaoid. gun ghalar. Na 'n robh Dùghall cho
teòm' air na *brògan* 's a bha e air na *breugan*, dh'
fhòghnadh sin, oir bhiodh neach gu math fada
air a chur thuige air son "ciad greusaiche gun
'bhi breugach," a stiùireadh a cheum an taobh a
bha Dùghall Ruadh. Ach, mar a thuirt Seumas
Mor, "Tha na 's miosa na Dùghall ri fhaotuinn,
na 'n robh fhios c'àite 'm faighear iad." Bha
aon fhear eile anns a' Chlachan air am feum mi
iomradh a thoirt agus cha b'e bu chòir a bhi air
dheireadh. Is e so Donnacha Tiorram, dreangan
do bhodachan crion. crosda, peallach, cho seòlta
ris an t-sionnach, agus cho splocach 's gu'n
reiceadh e a sheana-mhathair air bonn-a-h-ochd,
mar a chì sinn mu'n tig crioch air mo sgeul. A
thuilleadh air a' cheathairne so a dh' ainmich
mi, bha beagan theaghlaichean eile anns a'
Chlachan—daoine coire, cneasda, le òigridh
shùnndach, thapaidh, agus iad gu léir fialaidh,
càirdeil, na 'n dòigh.

Ri m' cheud-chuimhne cha robh teaglach
dhiubh so nach robh a' cumail muice; agus bha
e na chleachdadh ionmholta na 'm measg, an uair
a mharbhtar muc, gu'n robh sgonn mhath d'an
mhuic-fheòil air a bhuileachadh air gach tigh;
agus leis nach robh teaglach gun mhuic, bhiodh
iad uile air an aon ruith aig ceann na bliadhna,

chionn bha sùil gu'n deanadh gach neach na àm féin, mar a rinn a choimhearsnach air thoiseach air.

Bliadhna 'bha sud—ma 's math mo bheachd is i a' bhliadhna 'thàinig an galar 's a' bhuntàta —cha robh e comasach do 'n chuid a bu mhò de na coiteirean muc a chumail, leis mar a ghrod am buntàta, agus cha robh ach ceithir mucan ri fhaotainn's a' Chlachan. Bha té aig Dùghall Ruadh; té aig Donnacha Tiorram; té aig Calum Tàilleir; agus seòrsa do mhuic-bhioraich, gun earball, aig Seumas Gobhainn. Mar a bha bhochdainn 's a' chùis, bhàsaich muc an Tàilleir leis a' ghort, agus air maduinn Latha Nollaig, bhàsaich muc bhiorach a' Gobhainn, le galar a' mhairt a bha 'm Port-Ascaig—" Am fuachd 's an t-acras còmhla." Cha robh, mar so, a nis ach da mhuic 's a' Chlachan—té Dhùghaill Ruaidh agus té Dhonnachaidh Thiorraim. Mu 'n Fheill-Brìghde bha gach buntàta beag 's buntàta carach a bh'aig Donnachadh Tiorram a' fàs gann, 's mar bu dual, bha 'mhuc a fàs reamhar. Chuireadh e a' chorc innte latha air bith, ach bha e ann an iomagain chruaidh ciamar a gheibheadh e thairis ann an t-seana-chleachda a dh'ainmich mi. Cha robh toil idir aige a' mhuc a roinn air teagh-laichean a bha eu-comasach air a' phàigheadh air ais, ach bha eagal air mur cumadh e 'suas an t-seana chleachdainn mar bu nòs, gu 'n abradh daoine, gu'n robh e spìocach, neo-chàirdeil—rud a bha.

Bha e cho crìon, cruaidh, 'na dhòigh 's gu 'n robh roinn na muice a' dol eadar e 's a chadal— bha i air inntinn ré 'n latha 's na aisling ré na h-oidhche. Cha robh maduinn nach ruigeadh e

fail na muice ; dh' amhairceadh e oirre gu geur
's thilleadh e dhachaidh. Maduinn a bha sud,
leum e fail na muice 's dh' fheuch e ri 'h-aisnean
a' chunntas ; ach leis an t-saill a bh'air a' bhéisd
cha 'n amaiseadh e ach air a dhà no trì. "Th'air
leam," ars' esan 's e 'bruidhinn ris fhéin, " gur e
trì aisnean a b'àbhaist do gach teaghlach
fhaotainn. Cha 'n 'eil fhios cia meud aiseann
a tha ann am' muic ? Tha e agam a nis ; tha
beachd agam air Para-nan-each a bhi 'g ràdh gu'n
robh suaip mhor aig taobh-stigh muice ri taobh-
stigh duine ; " 's le so a ràdh, leum e 'mach à fail
na muice ; dh' fhosgail e 'broilleach agus thòisich
e air aisnean fein a chunntas gu stòlda. Dh'
amais e air dusan air gach taobh. " Ma gheibh
seachd teaghlaichean " ars' esan, " trì aisnean an
t-aon, bidh an sin aiseann-air-fhichead. Mo
chreach 's mo sgaradh ! bheir sin bhuam an trom-
lach do 'n mhuic. Gu dearbh b'e sin e ! dol a
thoirt seachad an rud ris nach urrainn sùil a bhi
agam air ais—'s mi nach bi cho gòrach ! Théid
mi 's gabhaidh mi comhairle a' ghreusaiche : bidh
e fhéin 's a' cheart chur-thuige gu goirid." Thog
e air gu tigh Dhùghaill Ruaidh, agus 's ann a bha
e coltach ri fear air an robh na maoir an tòir
—dh'amhairceadh e air gach taobh an dràsd 's a
rithist, 's an sin bheireadh e sùil thar a ghualainn,
fheuch an robh duine air a lorg— mar thuirt an,
sean-fhacal, "tuigidh gach cù a chionta"—gus
mu dh'eireadh, an d' ràinig e Dùghall Ruadh, 's
leig e ris rùn a thurais. Ged a dh'fheuch e ri
snas na firinn a chur air a' bhréig, thuig Dùghall
Ruadh an seud a bh'aige gu math, agus chuir e
roimhe gu 'm biodh an spiocaireachd daor do

Dhonnacha Tiorram. "'S mi tha toilichte gu 'n d' thàinig thu," arsa Dùghall; "tha mi faicinn gu soilleir nach bi ann ach gòraich dhuinne aig a bheil mucan, an fheòil a roinn orrasan a thu gu 'n mhuic. Bha an riaghailt math gu leòir cho fada 's a bha muc aig gach teaghlach, ach dh' fhalbh sin 'us thàinig so, agus tha e mar fhiachaibh air gach duine a bhi dluigheil, cùramach m'an cuid féin. Air eagal 's gu 'n abair daoine gur e an cruas 's an spiocaireachd a thug an t-seana chleachduinn a leigeil gu tur air dhì-chuimhn', feumaidh sinn seòl a dheanamh air a' mhuc a chur as an rathad an latha 'théid a marbhadh." "Cuiridh mi falach i," arsa Donnacha Tiorram, "agus their mi gu 'n deachaidh a goid." A cheart nì," arsa Dùghall Ruadh; "nach tu tha fada 's a' cheann! Gheibh mise mo sgonn féin d'an mhuic àm 's am bith." "Gheibh, gheibh," arsa Donnacha Tiorram. "So agad mar théid thu mu 'n chùis," arsa Dùghall Ruadh; "crochaidh tu closach na muice ann an tigh-nan-cairtean ré na h-oidhche; aig beul an là éirich agus cuir falach i, agus bòidich gu 'n deachaidh a goid á tigh-nan-cairtean." "Fòghnaidh sin a Dhùghaill," arsa Donnacha Tiorram, "'s tu fhéin gille-nan-car; nach sinn a thachair air a' chéile! Bho 'n a fhuair mi an gnothach so socraichte a réir mo mhiann, cha bhi saoghal na muice fada a nis, 's bidh i againn uile dhuinn fhéin—"Is feàrr eun am làmh na 'dhà air iteig." Slàn leat a Dhùghaill; leigidh mi fios dhuit 'n uair a mharbhas mi a' mhuc."

Is gann a bha Donnacha Tiorram am mach air an dorus 'n uair a thòisich Dùghall Ruadh—crùbach 's mar bha e—air Ruidhle Thulachain

a dhannsadh, gus an do theab e e-fhéin a chur as
an amhaich am measg na bha do chip 's do
sheana bhrògan air an ùrlar ; oir bha de bhrògan
air ùrlar Dhùghaill a' feitheamh càraidh, gu'n
saoiloadh tu gu 'n robh ceithir chasan air a'
h-uile duine 's an sgìreachd. "Mac an fhir ud,"
thuirt Dùghall, an déigh dha dol troimh ceithir-
chuir-fhichead. Ruidhle Thulachain, "creanaidh
esan air a spiochdaireachd ma bhios Dùghall
Ruadh beò gu Diluain so tighinn, rud a bhitheas.
Théid mise 'n urras gu 'n tuig Donnacha Tiorram
ciod is ciall do bhi call nam boitean agus a'
trusadh nan siobhag. 'S fheudar dhomh Calum
Tàilleir fhaicinn mu 'n ghnothach so."

An uair a bha 'obair latha seachad, thog
Dùghall Ruadh air gu tigh Chaluim Thàilleir, 's
dh' innis e dha mar a bha cùisean a' seasamh.
"An cealgair dubh." ars' an Tàillear, "tha mi
'tuigsinn a nis ciod am feum a bh'aige air mo
chrios-tomhais an latha roimhe, na 'n robh fhios
agamsa gu'r ann 'dol a thomhas na muice a bha
e le m' chrios cha d' fhuair e òirleach dheth ;
ach,' fuirich ort—bidh ' car eile an adharc an
daimh ' 's ' car ùr an Ruidhle 'bhodaich ' ma's
fhiach sinne ar bròchan, a Dhùghaill." Gun
tuilleadh air mo dheth, shocraich na seòid gu'n
bruidhneadh iad ri dhà no trì do dh-òigridh a'
Chlachain agus gu 'n goideadh iad muc Dhonn-
achaidh Thiorram à tigh-nan-cairtean.

Thàinig Diluain ; mharbh Dhonnachadh Tiorr-
am a' mhuc, chroch e i an tigh-nan-cairtean,
agus chuir e fios a dh-ionnsaidh Dhùghaill
Ruaidh mar a gheall e. An déigh bheul na
h-oidhche, thàinig Dùghall Ruadh an taobh a
bha Calum Tàilleir, agus goirid as a dhéigh,

thàinig na seòid a bha ri dol leò a ghoid na muice, 's iad uile cho àrd-inntinneach agus toilichte 's ged a bhiodh iad a dol gu banais. 'N uair shaoil leò Donnachadh Tiorram a bhi na shuain chadail, thog iad orra gu sèamh, socair, ghoid iad a' mhuc à tigh-nan-cairtean 's thug iad i gu tigh an Tàilleir, "Ciod a ni sinn ris a' bhèisd mhóir, reamhair?" arsa Seumas Gobhainn. "Ciod" ars' an Tàillear, ach a roinn air muinntir a' Chlachain mar is còir. Mur leig an spiochd-aireachd le Donnachadh Tiorram an t-seana chleachdainn ionmholta a chumail air aghaidh, ni sinn e ge b' oil leis e." "Glé mhath," arsa Dùghall Ruadh; "cha 'n 'eil beul 's a' Chlachan nach gabh dùnadh le slios do mhuic-fheòil. Moire 's math a luidheas i air cuid aca an dràsd fhéin, 's an t-annlan cho gann." "Tha thu ceart," arsa Seumas-beag-nam-breug, "'s math an glomhar aiseann de mhuic mhóir Dhonnachaidh Thiorraim." Cha robh tuilleadh air; chaidh closach na muice a ghearradh na piosan agus a roinn an oidhche sinn fhéin air teaghlaichean a' Chlachain, agus an earaileachadh gun diug a ghabhail orra gu 'n d' fhuair iad a leithid. 'N uair a bha a' mhuc roinnte, chaidh na seòid dhachaidh gu modhail, siobhalta.

Aig bristeadh fàire, mu 'n do bhlais an t-eun an t-uisge, dh'éirich Donnachadh Tiorram agus a mhac, a chur na muice falach, mu 'm biodh duine 's a' Chlachan air an cois. Ged a bha mac Dhonnachaidh a h-uile buille cho crion, spiochd-ach ri 'athair, cha robh e idir toilichte a bhi air a dhùsgadh am meadhon na h-oidhche mar so, 's ged a dh'éirich e cho ro e idir fonnar. 'N uair a dh'fhosgail iad dorus tigh-nan-cairtean cha robh

a' mhuc ri fhaicinn, "Leith na Truaigh!" arsa
Donnacha Tiorram, "Thàinig an fheala-dhà gu
da-rìreadh—tha 'mhuc air a goid gun teagamh.
Co air an t-saoghal a dheanadh so?" "Nach
deanadh na ceàird a tha 's an Uaimh Mhoir,"
arsa Donnacha òg; "cha 'n e 'h-uile latha a
gheibh iad cothrom cho math." "Clann an
fhir ud!" arsa Donnacha Tiorram, "bheir mis'
orr' e"—'s shìn e as gu Uaimh-nan-ceàrd, a bha
mu leth-mhile air falbh, 's bha leis gu 'n robh
fàile cùbhraidh muic-fheòil ròiste air a giùbhlan
air oiteig na maduinne. 'N uair a ràinig e 'n
uaimh 's e na fhuil 's na fhallus, cha robh aige
ach ' an gad air an robh 'n t-iasg'—cha robh
ceàrd no bana-cheàrd ri fhaotainn air ùrlar na
h-uaimh—'s b' fheudar dha tilleadh dhachaidh
mar a thàinig e—gu muladach aimhealach. Cha
b'fhada gus an do ràinig e Dùghall Ruadh. "A
bheil thu gu cridheil an duigh, a Dhonnachaidh."
arsa Dùghall Ruadh. "'S mi nach 'eil" arsa
Donnachadh Tiorram; "nach deachaidh a' mhuc
a ghoid." "Sin thu, Dhonnachaidh, 'cum thusa
sin a mach," arsa Dùghall. "Air m' fhacal, gu'n
deachaidh a goid," arsa Donnachadh.

DUGHALL.—"Sin thu rithisd; bòidich thusa
sin 's creididh daoin' thu."

DONNACH.—"Air m' fhacal fìrinneach, gu 'n
deachaidh a goid."

DUGH.—"'Dhuine, 'dhuine, 's briagh théid
agad air cuir-mar-fhiachaibh; fhaic thu, chreid-
inn fhéin do sgeul mur biodh fhios agam air
atharrachadh."

DONN.—"An e nach 'eil thu ga m' chreid-
sinn! Cho cinnteach 's a tha mi beò gu'n
deachaidh a goid."

Dugh.—"Nach briagh nàdurra 'thig na breugan duit; cum thusa sinn a mach 's creididh a' h-uile duine thu."

Donn.—"Nach neònach thu, a Dhùghaill. Cho fior ris a bhàs gu'n deachaidh a' mhuc a ghoid—leis na ceàird."

Dugh.—"Nach briagh a luidheas a' bhreug air na ceàird—co nach creid thu nis—cha 'n 'eil teagamh nach robh ceàrd na dha mu ghoid na muice."

Donn.—"Cha 'n 'eil feum a bhi 'bruidhinn riutsa, cha chreid thu an fhìrinn—smior na fìrinn. Latha math dhùit."

Le so a ràdh, dh'fhalbh Donnacha Tiorram dachaidh, 's cho robh e idir toilichte. Chunnaic e nach robh feum a bhi 'bruidhinn ris a ghreusaiche mu ghoid na muice, 's ged nach do leag e riamh amharrus air Dùghall Ruadh, bidh latha 's bliadhna mu 'n gabh e a chomhairle a rithist.

Tha mi toilichte a chluinntinn gu bheil an t-seana chleachdainn air a cumail air chois anns a' Chlachan fhathasd agus 'n uair a bhios fonndannsaidh air an òigridh 's a ghleusas Calum Tàilleir còir,—sean 's mar 'tha e,—an fhiodhall, no thòisicheas Dùghall Ruadh air canntaireachd, is e so am port a's dòcha leò a ghleusadh,—

" Dh 'fhalbh mi fhéin 'us ceathrar ghillean,
Dh 'fhalbh mi fhéin 'us ceathrar ghillean,
Dh 'fhalbh mi fhéin 'us ceathrar ghillean,
    'Ghoid na muice biadhta.

" Ghoid sinn i 'am beagan ùine;
Roinn sinn i ri solus crùisgean:
Bha i reamhar mar an t-ùilleadh—
    Fhuair sinn cùmhradh ciatach!"

Is tric, gus an latha 'n diugh, 'n uair a tha sgeul fir sa bith air a chur 'an teagamh, a gheibh e mar achmhasan, *Cum thusa sin a mach, mar thuirt am fear a ghoid a' mhuc.*" Mur do shiubhail iad bhuaith sin tha iad beò fhathast."

CALLDACHADH NA MNATHA CEANNLAIDIR.

Bha tuathanach, uair a bha sud, ann an Craignis ann am baile d' an ainm Barrabaothan, agus cha robh aige ach aon nighean. Bha an nighean so na 'searbhanta air leth math, ach bha i air a milleadh le a màthair, agus air di a bhi malaichte, ceannlaidir, na 'nàdur, bha cead aice gach nì a dheanamh a thogradh i. Bha, a rìs, fear-an-tighe fo smàig aice fhéin 's aig a màthair ionnus nach faodadh e ni air bith a dheanamh ach mar a dh' òrdaicheadh iad dha. Dh' fhéumaidh e tòiseachadh air obair anns a' mhadainn an uair a dh' iarradh iad air, agus cha 'n fhaodadh e sgur gus am faigheadh e an cead.

Ann an Asgnis, baile fa 'n comhair, bha gille òg ag cumail na h-oibre air a h-aghaidh mar a b' fheàrr a b' urrainn da, agus gun aige de chùltaice ach a mhàthair. An àm Earraich 'us Fogharaidh bhiodh iad ga 'n sàrachadh gu goirt leis nach robh aca ach iad fhéin. Bha fios aig an tuathanach òg gur h-e lìonmhorachd nan làmh a ni aotrom an obair, agus smaoinich e nach b'urrainn da ni a bu fhreagarraiche 'dheanamh na bean fhaotainn. An deaghaidh so a bhi greis a' ruith 'na inntinn thuirt e, là 'bha sin ri

'mhàthair agus iad aig am biadh, gu'n robh e am
beachd pòsadh. " Ma tà, a mhic," ars' ise, " tha
sinn gun teagamh air ar cur h-uige glé mhor 's
gun againn ach sinn fhein, agus ma gheobh thu
té fhreagarrach, tha mise làn toileach ; cha mheas
thu e ceàrr dhomh 'fheòraich co a tha na
d' bheachd." " Ma tà thà dìreach nighean fear
Bharrabhaothain." " Ni Math ga 'r dìon ! A
mhic gu dé tha thu 'ciallachadh ? Nach 'eil
'fhios agad gu'm bheil i air droch ainm fhaotainn
am fad' 's am fagus ? " " Thà gu math, 's ged a
tha, cha 'n 'eil aon 's an àite a théid air thoiseach
oirre ann an searbhantachd." " Tha i sgairteil
gu leòir," ars' ise, " ach an uair a thig i faodaidh
mis' an tigh fhàgail." " Cha 'n fhaod idir," os
esan, " 's cha smaoinich sibh air ; na bithibh fo
iomaguin sa bith, bheir sinn deuchainn di co
dhiùbh.

Chuir an gille, an sin, a ghnothuichean an
òrdugh, agus an ùine ghoirid rinn e deas gu
falbh g'a h-iarraidh. An uair a bha a fàgail an
tighe thuirt e ri a mhàthair i chur gach ni ann
an òrduigh cho math agus a dh' fhaodadh i,
agus gun i ghabhail suim dheth-san ged a
gheobhadh e coire dhi an uair a thilleadh e.
Thuirt ise gu'n deanadh i sin, agus dh' fhalbh e.

An uair a ràinig e bha fear Bharrabhaothain
a mach 's an dail a' treabhadh. An deaghaidh
dhaibh fàilte a chur air a chéile agus beagan
conaltradh a bhi aca, dh' innis an t-òganach ciod
a chuir an rathad e. " Ma tà, 'ille," thuirt an
seann-duine, " tha thu cur ioghnaidh orm—tha
thu 'cur iongantas mhóir orm, tha mi cinnteach
nach 'eil a nàdur an aineol ort, ach searbhanta
a's fheàrr dha do chuir dà làimh á gualainn.

Ma tha thu fhéin am beachd gu 'n dean thu leatha, tha mise làn toileach a toirt dhuit." "Fuasgladh na h-eich, ma ta," thuirt an t-oganach, "agus theid sinn thun an tighe." Cha robh a shaod air an tuathanach na h-eich a leigeadh ma sgaoil agus an deighaidh tuilleadh ìmpidh, 's ann a fhreagair e, "'Ille, cha'n 'eil a chridh' agam am fuasgladh mu 'n àm so a latha; ma théid mi dhachaidh an ceart uair bheir iad an craicionn diom." "Fhalbh, fhalbh, gabhaidh mi fhéin ur leisgeul car aon oidhche," thuirt an suirdheach; agus thug iad na h-eich as a' chrann, agus choisich iad le chéile thun an tighe. "Nis," thuirt an seann-duine 's iad a' dlùthachadh ris an tigh, "ma their mise gu'm faigh thu i, faodaidh tu bhi cinnteach nach fhaigh thu i, ach ma their mi nach fhaigh, bi cinnteach gu'm faigh." "Bitheadh e mar sin fhéin, ma ta," ars' an suirdheach, agus chaidh iad a stigh le chéile.

Chaidh fàilte 's furan a chur air an tuathanach òg, agus biadh a chur a làthair, ach shuidh fear an tighe aig an dorus. "So, so," thuirt bean an tighe, "suidh a nìos, gu dé ni thu 'fuireach aig an dorus." Shuidh e suas agus an uair a bha iad uile cruinn, dh' innis an t-òganach aobhar a thuruis: gu 'n robh e toileach dol fo cheangal pòsaidh leis an nighinn, na'm b' e 's gu'm biodh iad aonsgeulach gu léir mu'n chùis. "Ma tà, 'ille," thuirt a h-athair, "tha mor mheas agam ort, agus tha 'fhios agam gur h-airidh thu oirre, ach tha sinne nis air tarruing ann an aois, agus cha'n urrainn duinn feum a dheanamh as a h-aonais: tha mi duilich nach urrainn duinn a seachnadh." Cò thuirt nach b' urrainn duinn a seachnadh?" arsa 'màthair, "tha mise ag radh

gur h-urrainn duinn a seachnadh, agus seach-
naidh sinn ì; cha till an gille dhachaidh as a
h-aonais ma tha i fhéin toileach." "Tha," ars'
an nighean, "'s cha 'n eagal nach seachainn sibh
mi." Mar is mò a dhiùltadh a h-athair, is ann
is mò a rachadh a màthair an rathad eile : an dà
bhoirionnach gu dearbh a' seasamh an aghaidh
fhir-an-tighe "mar chlacha dubha an aghaidh
sruth," gus mu dheireadh an do strìochd esan
cuideachd. Cha b' fhada gus an deachaidh am
pòsadh ; agus an deaghaidh beagan làithean a
chur seachad ann am Barrabaothan, dh' fhalbh
iad dhachaidh. Cha robh iad fad aig an tigh an
uair a thuirt an duin'-òg gu'n rachadh iad a
dh-fhaicinn ciamar a bha gnothuichean ag amharc
mu'n aitreabh. Thug e an toiseach am bàthaiche
air—a' bhean-òg agus a mhàthair na chuideachd.
"An dean sin feum, a mhic ?" ars' a mhàthair,
ach thòisich esan air faotainn coire do gach nì—
bha so ceàrr 's cha robh sud ceart ; thug e breab
do ghogan a thachair air agus thilg e gu taobh
eile an tighe e. "Ma tà," ars' a' bhean-òg, "ar
leam fhéin gur h-ann a tha do mhàthair ri
'moladh air son do ghnothuichean a bhi ann an
òrdugh cho math." "Ni e feum an dràst," ars'
esan, "ach dh' fhaodadh e 'bhi na b' fheàrr,"
An deaghaidh so chaidh iad do 'n stàbull. "An
dean sin feum, a mhic ?" ars' a mhàthair. "Cha
dean, a bhean," ars' esan, agus tòisichear air coire
fhaotainn do 'n nì ud eile. "Ma tà," thuirt a'
bhean-òg 'us i 'toirt fiar-shuil air a fear, "ar leam
fhéin gu 'm bheil gach nì ann an òrdugh ro-
mhath." "Ni i feum an dràst, ach dh' fhaodadh
e 'bhi na b' fheàrr," ars' esan.

Là no dhà an deighaidh so chaidh a' chàraid a

mach a bhrodadh, agus mar a dh' oibricheadh
esan, neothar-thaing mur gleidheadh ise suas a
taobh fhéin de 'n imire. Air dhaibh a bhi 'dol
ris gu math dian thuirt esan mu dheireadh,
"Gabhaidh sinn anail a nis." "Cha 'n 'eil mi
sgìth idir fhathast," ars' ise, "Cò dhiùbh a tha
no nach 'eil, gabhaidh sinn anail," ars' esan.
"Ud cha 'n eagal duinn car tacain eile," ars' ise.
"Tha mise ag ràdh riut suidhe," ars' esan, agus
le so shuidh i. An uair a bha iad ùine bheag
na 'n suidhe, "Eiridh sinn a nis," ars' esan, agus
an greim bha iad le chéile 'rithist, agus chaidh an
latha sin thairis mar sin.

An uair a fhuair iad obair an Earraich seachad
·thuirt esan rithe gu'n rachadh iad a dh-fhaicinn
a muinntir a nis. Dh' fhalbh iad; agus an uair
a ràinig iad chaidh fàilte chridheil a chur orra le
chéile. Chuir esan an latha thairis thall 's a
bhos le 'athair-céile, 's bha ise as tigh le 'màthair.
An uair a thàinig am feasgar thill na fir a
dh' ionnsuidh an tighe, agus thuirt esan gu'n robh
an t-àm dhaibh a bhi dol dachaidh. "Cha 'n
fhalbh i leat an diugh," thuirt a mhàthair-chéile.
"Nach fhalbh? Nach 'eil thu 'falbh leamsa
dhachaidh" ars' esan 'se' tionndadh ris a' mhnaoi-
òig. Cha d' thuirt ise diog. "Cha 'n fhalbh i
leat an diugh no 'màireach," ars' a mhàthair-
chéile a rìs, "an déigh an droch-càraimh a thug
thu dhi, cha till i leat tuille. Gu dearbh bha thu
caoimhneil rithe, a' dol an aghaidh gach ni
'theireadh i, agus ag cur a h-uile nì 'bha ceart,
ceàrr. Faodaidh tu a bhi 'falbh ach cha'n fhalbh
ise leat." "Am bheil thu 'falbh leamsa dhach-
aidh?" thuirt esan a rìs. Cha do fhreagair smid.
"Mur coisich thu leamsa dhachaidh ruithidh tu

leat fhéin ann," ars esan 's e dol a mach thun an
doruis far an robh curag mhath sgolbh, as an do
thagh e aon cho dìreach réith 's a chunnaic e.
An so thill e stigh 's ghabh e air a mhnaoi fhéin
leatha gu sgaiteach, dian, gus an d' thug i an
dorus oirre. Thionndaidh e an so agus thug e
an t-ath lunndraigeadh d' a mhàthair-chéile, agus
an sin dh' fhalbh e dhachaidh.

Bha fear Bharrabhaothain na 'shuidhe aig an
dorus mara b' àbhaist. "Suidh a nìos, suidh a
nìos," thuirt a bhean an uair a dh fhalbh an
cliamhuinne. 'S e Ni Math a dh' òrduich nach
e sud seòrsa fir a th' agam, suidh a nìos, cha robh
riamh agam ort am meas a bu chòir."

Chaidh an duin'-òg dhachaidh, agus fhuair e a
bhean air thoiseach air trang ag obair, agus an
deaghaidh sin rinn an dà bhoirionnach sin—a'
mhàthair agus a h-ighean, mnathan nach robh
na b' fheàrr ri fhaotainn anns an sgìreachd gu
leir.

MAC-OIDHCHE.

ALASDAIR SGIOBALTA, TAILLEAR
LAG-AN-DROIGHINN.

Thachair do mhinistear òg, aighearach a bhi
'cur seachad oidhche Gheamhraidh ann an Tigh-
òsda Lag-an-droighinn. Cha robh a bheag aige
r' a dheanamh, 's bha e a' faireachdainn na
h-ùine fada. Chuir e fios air fear an tigh-òsda
dh' fheuchainn an robh duine tuigseach,
cracairiche math, no fear a dh' innseadh sgeulachd
anns a' bhaile, a gheobhadh e a chur seachad an
fheasgair leis. Thuirt fear an tighe gu 'n
robh,—an t-aon duine a b' fheàrr a dh' aithris

naidheachdan, no a ghabhail òran na 'm b' éiginn
e, eadar Maol-Chinntire agus Tigh-Iain-Ghròid,—
b' e sin Alasdair Sgiobalta, an tàillear.   Dh' iarr
am ministear air fios a chur air Alasdair ma tà ;
rud a rinn fear an tighe, 's cha d' fheith an
taillear an dara cuireadh : is duilich leam gur
iomadh uair a rachadh e an rathad ceudna gun
chuireadh idir.   Coma co dhiùbh, thàinig
Alasdair 's chaidh a sheòladh a stigh do sheòmar
a' mhinisteir.   Chaidh am botul a thoirt air
bonn agus lan slige a chur leth ri goile an tàilleir
g' a chur air fonn seanchuis, 's Moire ! cha robh
sin duilich !   An taice nan sgeulachd chaidh
an tàillear.   Bheireadh am minister dha an
deàrrsach eile as a' bhotul, "eadar dhà naidheachd,"
mar their iad—'s faodar a bhi cinnt each nach
robh e 'deanamh dearmaid air fhéin 's a' cheart
àm—gus mu dheireadh an d' fhàs an companas
cho cridheil 's gu 'n robh aon air bith d' an
dithis—gu sonraichte an tàillear—deas air son
gniomh cuimsich sam bith.   Mar bha 'n t-olc 's
a' mhinistear, ars' esan ri Alasdair, "Innsidh mi
dhuit ciod e 'nì mi—bheir mi dhuit *gini* òir air
na cumhnantan so : gu 'n leum thu air d' ais 's
air d' aghaidh thar na cathrach so fad leth-uair—
gu riaghailteach, socair—a' glaodhaich am mach
aig a' h-uile leum, 'Is mise Alasdair Sgiobalta,
tàillear Lag-an-droighinn ;' ach ma bhruidhneas
tu aon fhacal eile, no ma stadas tu de d' leum
gus am bi an leth-uair thairis, caillidh tu do
dhuais."
    Chuir neònachas na tairgse a thug am minis-
tear dha, ioghnadh air an tàillear, 's bha e tiota
beag ann an ag am bu chòir dha aontachadh
leatha, ach ars' esan ris fhéin, " Tarrainnidh mì

snathainn no 'dhà an Lag-an-droighinn m' an coisinn mi 'urad; agus bidh latà 's bliadhna m' an tig a' cheart tairgse am charaibh a rithist—gabhaidh mi rithe." " Is bargan e," thuirt esan ris a' mhinistear ! " cha 'n 'eil ann ach sinn fhéin, agus cha 'n eil na cumhnantan duilich a choimhlionadh ;—is mairg a theirteadh Alasdair Sgiobalta rium mur leumainn fad leth-uair, no fad latha na 'm b' éiginn e, thairis air cathair !—is iomàdh leum a b' àirde, agus theagamh a b' amaidiche a thug mi air son duais a bu shuaraiche." Thug am ministear am mach 'uaireadair agus thilg an tàillear dheth a chòta. A' cur a laimhe air cùl na cathrach, thòisich e air leum, 's e gu farumach ag aithris nam facal a chaidh iarraidh air, " Is mise Alasdair Sgiobalta, tàillear Lag-an-droighinn !" An déigh da so dol air aghuidh fad mu thuaiream chòig mionaidean, thug am ministear tarrainn air a' chlag 's thàinig seirbheiseach a stigh.

" Ciod air an talamh a bu chiall duibh," thuirt am ministear ; " a leithid so de dhuine cuthaich a chur a stigh leamsa ? Nach do shaoil mi gu 'm bu duine tuigseach a bha ann ; an ann toileach amadan a dheanamh dhiom a bha sibh ?"

ALASDAIR.—" Is mise Alasdair Sgiobalta, tàillear Lag-an-droighinn !"

SEIRBHEISEACH.—" Air chinnt, a mhinistear, cha 'n 'eil fhios agam ciod a dh' fhàirich e ; cha 'n fhaca mi riabh roimhe e 'dol air 'aghaidh mar so—Alasdair, Alasdair, ciod is cial duit ?"

ALASDAIR.—" Is mise Alasdair Sgiobalta," &c.

SEIRBHEISEACH.—" Beannaich mise ! Alasdair thàilleir, cuimhnich c' àite bheil thu ; nach eil meas agad air an duin'-uasal a chuir fios ort ?

·C'arson a tha thu a' deanamh burraidh dhiot fhéin ?"

ALASDAIR.—" Is mise Alasdair Sgiobalta, &c."

FEAR-AN-TIGHE (*a' tighinn a stigh le cabhaig*).— " Ciod an ainm an Fhreasdail a tha 'so ?—tha an duine air mheara-chinn—nach ann agad tha 'n dearg aghaidh, dhuine, dol a thoirt maslaidh do dhaoin'-uaisle ann am thig-se le 'leithid so de chluicheachd !"

ALASDAIR.—" Is mise Alasdair Sgiobalta," &c.

FEAR-AN-TIGHE (*ri aon d' a sheirbheisich*).— " Ruith air son a mhnatha, oir cha 'n urrainn domh cur suas le so. A chàirdean, tha e soilleir gu bheil an duine air dearg lasair a' chuthaich ; agus tha dòchas agam nach tig dì-meas air mo thig an lorg a' ghnothaich so."

ALASDAIR.—" Is mise Alasdair Sgiobalta," &c.

BEAN ALASDAIR (*a' ruith a stigh*).—" O! Alasdair, Alasdair, ciod a thàinig ort ? Nach aithne dhuit mise—do bhean féin ?"

ALASDAIR.—" Is mise Alasdair Sgiobalta," &c.

BEAN ALASDAIR (*a' caoineadh*).—" Mur 'eil umhail agad dòmhsa, cuimhnich air do leanaban aig an tigh, agus thig dachaidh leam."

ALASDAIR.—" Is mise Alas——"

Cha b' urrainn d' a mhnaoi an gnothach a sheasamh na b' fhaide ; leum i 's thilg i a làmhan m' a mhuineal, 's chroch i ris air a leithid de dhòigh 's nach robh comas aige air leum tuille a thoirt. Is ann an sin a bha a' ghleachd—esan an geall air a' *ghini*, 's a' feuchainn ri ise 'thilgeil dheth ; ach chunnaic e nach gabhadh so deanamh, 's ghéill e dhi.

" Droch bhàs ort ! òinseach gun tùr," thuirt esan gu muladach ; " cha do bhuidhinn mi riabh *gini* cho furasda na 'n leigheadh tusa leam."

Feumar innseadh gu n' robh an t-òsdair mòran na bu toilichte leis a' mhìncachadh a chaidh a thoirt air a' chùis na bha bean an tàilleir. A chur saod air Alasdair bochd thug am ministear dha gu saor an *gini* a bu ghlé mhath a choisinn e.

I. B. O.

AN CRANNCHUR.

(The Lottery.)

O chionn mu thuaiream leth-chiad bliadhna bha seann duine, d' am b' ainm Dà'idh Sùlair, a chòmhnuidh faisg air baile-mòr àraidh. An uair a chìteadh a cheann liath, a cheum sgairteil, agus cho dìreach, brosglach 's bha e 'g a gluasad féin, dh' aithnicheadh aon air bith gu'n do chuir e seachad cuid d' a bheatha anns an arm. Thuit Dà'idh, 'n uair a bha e 'n a dhuine òg, ann an tubaist air chor-eigin; b' eudar dha a' choimh-earsnachd 'fhàgail ghabh e 's an arm, agus glé ghoirid 'n a dhéig sin sheòl e leis an réisimeid do dh-Innsean na h-Airde-n-Iar. Cha b' fhada 'chuir e seachad an so an uair a thuit e ann am fiabhrus, agus chaidh a chur air ais do 'n riogh-achd so. Air do 'n réisimeid d' am buineadh e tilleadh goirid as a dhéigh, chaidh a h-òrduchadh a mach do Chanada, far an d' fhuair Dà'idh bochd a mheileachadh leis an fhuachd, mar a bha e roimhe air a ròstadh leis an teas. Am feadh a bha e a' sairbhiseachadh ann an Canada, mar a bha am mi-fhortan, no ma dh' fhaoidte, am for-tan's an dàn da, fhuair e leòn ann an aon d'a

luirgnean ; chaidh a chur mar sgaoil as an arm,
pension a shuidheachadh air, agus a chur
dhachaidh d'a dhùthaich féin a rìthisd. A
thuilleadh air a *phension* bha Dà'idh a' cur
peighinn onoraich an dràst 's a rithist ann an
rathad a mhnà, Peigi, le saothair a lamhan féin,
oir bha e 'n a dhuine tùrail agus comasach air a
làmh a thionndadh ri rud sam bith ; chuireadh e
slat ann an cliabh no cas am poit,—ann an aon
fhacal cha mhór a thigeadh ceàrr air.

Bha e, aon latha, a' dol air ais le sgàileagan
sioda a bha e an déigh a chàradh do mhnaoi-
uasail éigin, an uair chunnaic e sanas mór
sgriobhte air a' bhalla—a' guidhe gu dùrachdach
air gach aon a bha deònach air beairteas a
dheanamh a dh-aona bheum, dol agus comhroinn
a cheannach gun dàil ann an crannchur *(lottery)*
a bha gu àite 'ghabhail an ceann beagan uine
anns a' bhaile-mhór làmh riutha. Thug a
chridhe leum, oir cha do leugh e ach goirid air
'aghaibh 'n uair a chunnaic e gu 'm faodadh
neach, le fichead punnd Sasunnach a chur a stigh,
fichead mile punnd Sasunnach a bhuidhinn.
Thog e air gu sùrdail, liubhair e an sgàileagan,
agus thill e dhachaidh an deanna nam bonn a
chur a chomhairle ri Peigi. Bha an t-seana
chailleach bhochd cho bodhar 's gu 'n d' fheum
e glaodhaich 'n a cluais le 'uile neart.

"An cual' thu mu 'n chrannchur mhór a tha
ri tachairt 's a bhaile-mhór ud thall? Air son
fichead punnd Sasunnach faodaidh tu fichead
mile a bhuidhinn."

"Seadh, ach cha 'n eil fichead punnd Sasunn-
ch agadsa ri 'chur ann," ars' ise.

M

" Cha 'n 'eil, ach tha e *agadsa*, agus is e an aon nì e, nach è ?"

Cha do fhreagair Peigi car ghreis, agus a' sin thuirt i gu ciùin gu 'm bu ni eile sin uile gu léir. Thug Dà'idh sùil aingidh oirre agus thuirt e, " Cha 'n è ma tha mise 'cur romhan an cur a mach anns a' ghnothach so."

" Cha ni suarach fichead punnd Sasunnach," arsa Peigi, 's i crathadh a cinn ; " is e so na tha againn anns an t-saoghal a bhàrr air do *phension*. Gabh mo comhairle-se a Dhà'idh Shùlair agus na bi ad amadan."

" Smaointich thusa air fichead mìle *gini* òir," arsa Dà'idh ; " a leithid de luchd ! nach be 'n càrn e ! dh' fhaodamaid sinn féin 'fhalach ann." Cha robh Peigi ro chinnteach mu 'n chùis ; bha i a lion beag 'us beag a' strìochcadh.

" Falbh agus cluinn ciod a their Seumas Mòr uime," fhreagair i.

" Ciod am math dhomh dol an taobh a tha Seumas Mòr ann an gnothach d' an t-seòrsa so," arsa Dà'idh. " Cha 'n aithne dha nì mu 'thimchioll : cha do ghabh e cuid ann an crannchur riamh."

" Coma co dhiu, cha mhisd' thu a chomhairle ; falbh gun dàil."

" Tha mi toileach," arsa Dà'idh, 's e 'togail a chomhdach-cinn " ach cha mhòr cudthrom a chomhairle. Ghabhadh e leth-chiad d' a leithid a chur iompaidh air seann saighdear."

B' e Seumas Mòr a bu thuairnear agus a bu shaor anns an àite. Bha e 'n a dhuine fìor chrionnta, ghlic agùs fo mhòr mheas agus urram aig gach duine d' am b' aithne e.

Steòc Dà idh Sùlair dìreach a suas a dhionnsaidh

na beirt-thuairneir aig an robh Seumas ag obair. Bha e cho dìl air ciod air bith a bha e ris 's an àm nach d' thug e an àire do Dhà'idh 'n a sheasamh làmh ris. Mu dheireadh, an uair a bha a shaod air a bhi cho geal ri muilleir no ri fear a bhiodh a mach fo shneachd, leis na mionshliseagan agus an sadach a bha ag éirigh o'n bheirt, chuir e a làmh air guallainn Sheumais. Stad e d' a thuairneireachd agus chuir iad fàilte air a chéile.

" Tha toil agam do comhairle a ghabhail," arsa Dà'idh. " Chual' thu iomradh, tha mi 'n dùil, mu 'n chrannchur mhór so ? "

" Chuala, chuala, ach ciod uime ? "

" Tha thu 'cur a stigh fichead punnd Sasunnach agus a' buidhinn fichead mìle. An comhairlicheadh tu dhomh 'fheuchainn ? "

" Air na cumhnantan sin, comhairlicheadh, air a' h-uile cor."

" Gu 'n robh math agad, a Sheumais ; bha fhios agam gu 'm b' e so a theireadh tu ; labhair thu gu seadhail, ach cha 'n éisdeadh Peigi."

" Stad ort, ged 'tha," arsa Seumas, "leig dhomh do thuigsinn gu ceart. Le fichead punnd Sasunnach a chur a stigh tha thu cinnteach air fichead mìle 'fhaighinn a mach ? "

" Cha d' thubhairt mi *gu'n robh mi cinnteach*."

" O, tha teagamh 's a' ghnothach mata ? Tha muinntir eile 's a' chùis cho math riutsa ? "

" Cha 'n 'eil mi cur ag, ach——"

" Co meud, a bheil 'fhios agad ? "

" Cha 'n 'eil ; cha d' fheòraich mi."

" 'S cha mhò a ruigeas tu leas," fhreagair Seumas Mór gu dùrachdach. "Tha thusa a Dà'idh Shùlair, ann ad dhuine bochd mar tha

mi féin ; cha 'n eil e furasda dhuit fichead punnd
Sasunnach a sheachnadh. Tha e fior gu leòir gu
'm faod thu buidhinn ; ach tha e mòran na 's
coltaiche gu 'm faodadh tu call. Dh' iarr thu
mo chomhairle, agus fhuair thu i."

" Mòran taing dhuit," arsa Dà'idh, 's e a' falbh ;
's cha robh e idir toilichte.

Bha Dà'idh Sùlair ùine mhòir m' an do chuir
e iomhaigh air a mhnaoi chùiseil, 's m' an d'
fhuair e gu 'n d' aontaich no gu 'n d' thug i
gnùis do 'n ghnothach ; ach mu dheireadh, le
argumaidean seòlta, cha 'n e 'mhàin gu 'n do
dhearbh e dhi gu 'n robh an ceum a bha e 'cur
roimhe 'ghabhail glic agus crionnta, ach bha a'
leithid de bhuaidh aige oirre 's gu 'n d' fhàs i
deich uairean na bu déine mu 'n chuis na e féin.
Thog i oirre suas an staidhir gun tuilleadh dàlach,
chuir i a làmh a suas an simileir as an d' thug i
seann stocaidh dhubh far an robh fichead punnd
Sasunnach am falach aice ; chuir i an t-iomlan
gu toileach ann an laimh Dhà'idh, a dh' fhalbh,
gun mhoille mionaide, 's a phàigh an t-airgiod do
mhuinntir a' chrannchuir, bho 'n d' fhuair e air
ais cairt bheag—cairt a bha ann an uine ghoirid
gu 'chur ann an seilbh air stòras mor.

" C' uin a tha an tarruing ri 'bhi ?" dh'
fheòraich Peigi.

" Seachdain o 'n Dimàirt so 'tighinn," arsa
Dà'idh.

" Seachdain o 'n Dimairt so 'tighinn ? Cha
toigh leam sin ; tachraidh e air Latha-gnothach-
na-cubhaige."

" Sin agad a' cheart aobhar air son an do thagh
iad an latha," fhreagair Dà'idh 's e a' suathadh a

làmhan ; " cuiridh iad fear no dhà air gnothach-
na-cubhaige."

Anns a' bhruidhinn a bh' ann, co 'thàinig a
stigh ach Seumas Mòr. Thàinig e a chur stad
air Dà'idh, 's a dh' earaileachadh air gun e 'chur
a chuid ann an rud a bha cho teagmhach agus a
bha ag aobharachadh a leithid de sheanchus
feadh a' bhaile.

"Tha 'n gnothach a nis deunta," arsa Dà'idh
" Seall ! " 's thug e a' chairt as a phòca. Sheall
Seumas oirre gu tàireil. " A bheil cuimhne
agad air an t-sean-fhacal," ars' esan.

" Cha 'n 'eil, cion e ? "

" Is furasda an t-amadan 's a chuid a sgaradh
o chéile," thuirt Seumas, 's thug e an dorus air.

" Ciod e sud a thuirt e ? " dh' fheòraich Peigi.

" Tha, gu bheil sinn cinnteach duais mhòr a
bhuidhinn," fhreagair Dà'idh Sùlair.

" Feumaidh sinn gach nì a chur fo uidheim
ùir bho mhullach gu iochdar," thuirt Dà'idh
agus e 'n a shuidhe aig a shuipeir; " cha
fhreagair na seana bùird agus na cathraichean
so dhuinn ann ar suidheachadh ùr agus eadar-
dhealaichte. Gheobh sinn bùird agus cath-
raichean riomhach, ùra ; sgàthain mhòra agus
cuirteanan àillidh m' an cuairt na h-uinneagan.
Bidh sinn réidh's càradh mholtairean 'us phoit-
ean 'n a dhéigh sin—agus air son geurachadh
shiosar,——" Thug e breab do'n inneal-gheur-
achaidh a bha làmh ris mar a labhair e, 's chuir
e le urchair a dh-oisinn eile 'n tighe e.

Chaidh seachdain seachad ; thàinig an latha.
Chuir Dà'idh e féin an òrdugh moch air maduinn
a dhol do 'n bhaile-mhòr.

M' an d' fhalbh e thug a do Pheigi na seòl-
aidhean a leanas :—

"Ma théid cùisean mar a tha sùil agam, cha
tig mi dhachaidh d' am chois, cuimhnich thusa.
Thig mi dhachaidh ann an carbad. Bi thusa a'
faireadh air mo shon aig uinneig uachdaraich,
agus an uair a chì thu an carbad a' tighinn m'an
cuairt an oisinn, tuigidh tu gubheil mi dlùth.
Togaidh tu 'n sin a suas an uinneag agus tilgidh
tu a' h-uile ball àirneis air am faigh thu grèim,
a mach air an t-sràid ; na caomhain sion; a mach
leis gach stob dhi. Tha thu a' tuigsinn, a bheil ?
Beannachd leat, matà, gus an till mise." Thog
Dà'idh Sùlair air, agus e 'n a bheachd féin
cheana ann an seilbh air beairteas nach gabhadh
tomhas.

Choisich Dà'idh Sùlair a stigh do 'n bhaile-
mhòr le ceum aotrom saighdeir. Bha e ann an
sùrd fuathasach ; bha a cheann anns na neòil
agus mar a bha e a' tartraich a sios an t-sràid
bheireadh e bàrr a bhata a nuas le fead a bha
'cur teine as na clachan agus a' fàgail caoir de
shradan as a dhéigh. Cha robh e ach goirid a'
ruigheachd an ionaid anns an robh na croinn
ri 'n tarruing. Bha dùmhladas mór sluaigh air
cruinneachadh cheana. Bha làn-aighear agus
mire a' toirt mac-talla as na ballachan. Cha
robh smuairean air aghaidh neach, oir cha do
chaill duine aca fathasd air a' chrannchur.

"Ciod e aobhar an gàireachdaich ?" arsa
Dà'idh Sùlair ris fhéin ; " am bheil sùil aca gu 'm
buidhinn iad *uile* ?" agus car tiota dh' éirich
seòrsa de amharus 'n a inntinn mu a shoirbh-
eachadh féin. Thàinig fallus fuar air a' smaoin-
teachadh na 'n cailleadh e ; ach thilg e dheth

gach teagamh agus sheas e a dh-fheitheamh na
crìch. Cha d' fheum e feitheamh fada. Thàinig
balachan beag a stigh le cùirneachadh air a
shùilean agus aon d' a làmhan ceangailte air a
chùlaobh ; chuir e a làmh lom ann an bocsa, thug
e 'mach cairt agus shìn e do 'n chléireach i, a
leugh a mach, a h-àireamh ; an sin thog balachan
air taobh eile an tighe cairt as a bhocsa féin agus
shìn e i do chléireach eile, a glaodh a mach,
" Falamh." Rinneadh so fichead uair, gus mu
dheireadh, an d' thàinig dà chiad gu leth punnd
Sasunnach air fear eigin. Thog iad iolach àrd
'n uair a chual iad so ; ghlac a chàirdean air làmh
an duine fortanach air an d' thàinig an dà chiad
gu leth, ach shèap an dream aig an robh an
cairtean " Falamh," as an rathad.

" Falamh, falamh, falamh, falamh ; is i mo
bharail gu bheil iad ach beag uile falamh," arsa
Dà'idh ris féin ; " cha 'n 'eil so idir mar a shaoil
mi ; ciod a dheanainn na 'n tuiteadh do m' chairt
féin a bhi falamh. Tha an t-àm agam a bhi a'
gluasad a chòir an doruis."

Falamh, falamh, falamh, leth-chiad uair eile as
déigh a chéile, agus a' sin, còig ciad punnd
Sasunnach do chuid-eigin. " Falbh," arsa Dà'idh
" is fhiach sin rud-eigin, ach is suarach e làmh
ris na tha sùil agamsa 'fhaighinn. Ciod sud a
chuala mi ? 'S e sin an t-àireamh aig a' chairt
agamsa, a dhaoin-uaisle, ma 's e ur toil e ; is
mise ' 77.' "—" Falamh" ars' an cléireach ; agus
thuit Dà'idh Sùlair bochd air a bheul 's air a
shròin, mar gu 'n cuirteadh urchair ann. Shaoil
iad uile gu 'n robh e glan mharbh, ach cha robh.
Fhuair iad a mach c' àite an robh an duine bochd
a còmhnuidh ; agus, a thaobh gu'n robh e astar

air falbh, thairg duin'-uasal a bha 'lathair a
charbad féin gu caoimhneil chum Dà'idh bochd a
ghiùlan dachaidh. Chuir iad anns a' charbad e
's dh' fhalbh iad leis.

Bha Peigi fad uair an uaireadair a' freiceadan
aig an uinneig. A chum is gu 'n rachaidh aice
na b' fheàrr air òrduighean Dhà'idh a chur an
gniomh, fhuair i cuideachadh aon de na
coimhearsnaich, chruinnich i gach stob àirneis a
bha 's an tigh ann an aon seòmar-mullaich, agus
bha i 'nis 'n a suidhe gu foighidinneach a'
feitheamh a' charbaid. Mu dheireadh, an uair
nach mor nach robh i air toirt thairis, faicidh i
an carbad a' tighinn m' an cuairt an oisinn! A
suas chaidh an uinneag ann an tiota, agus a sios
chaidh an àirneis car ar char air an t-sràid gu
h-iosal. Cathraichean, bùird, sgàthain, poitean,
clobhachan 's gach ni air an ruigeadh làmh, a sios
chaidh iad, muin air mhuin, 'n am mìrean air a'
chabhsair. Bha seana bhodach a dol seachad
aig an am, 's dh' amhairc e suas dh' fheuch ciod
a bu chioll do 'n fhrois eagalaich, ach bhuail gob
a' bhuilg-shéididh anns an t-sùil e, agus am feadh
a bha e 'n a laidhe a' sporathail thàinig ultach de
shoithichean creatha 'nuas air a chaol-druim nach
mor nach do bhrist a chnaimh-droma. Ruith
marsanda a mach as a bhùth air taobh eile na
sràidhe 's e cumail a suas a làmhan 's a' smèideadh
ri Peigi sgur d' an obair sgriosaich, ach fhuair e
strabhaileadh de chuinneig anns an smig a chuir
car dheth anns an eabar. Leum am ministéir,
duine mór, sultmhor, 's e 'dol seachad, a nall a
chur casg air a' bhristeadh uamhasach, 'n uair
thàinig gùn drógaid leis a' chaillich a nuas thar
a chinn, 's ghrad thug e 'chasan as le nàire. Fad

na h-uine so, agus ann am meadhon na h-aimh-
reite bha Dà'idh Sùlair, agus e 'nis air tighinn gu
mhothachadh, 'n a sheasamh anns a' charbad a'
glaodhaich àirde 'chinn 's a' smèideadh ri Peigi i
a stad; ach shaoil ise gur ann a bha e ri iolach
's 'g a brosnachadh; chuir i roimhpe nach biodh
stob a stigh m' am biodh uine aig Dà'idh air bhi
'nios an staidhir; agus gus an do leum e stigh
mar dhuine air a chuthach 's an do rug e air
chaol dha dhuirn oirre, cha do thuig i ciod a bha
e a' ciallachadh.   Mu dheireadh dh' innis e 'n
fhìrinn bhrònach dhi, 's shuidh iad le chéile a
chaoidh an leir-sgrios a thug an gòraich a nuas
orra.

   Am feadh a bha iad mar so a' tuireadh 's a'
bròn an cor bochd, thàinig an duine caoimhneil,
cneasda sin, Seumas Mòr, a stigh 'g am mis-
neachadh.   Cha d' thuirt e idir riutha mar a
theireadh cuid a dhaoine, "Nach d' thuirt mi
ribh; cha ghabhadh sibh mo chomhairle."   Cha
d' thuirt e ni d' a leithid, ach 'n uair a chunnaic
e mar bha cùisean, dh' fhalbh e gun fhacal a
ràdh, chuir e tional beag air chois, agus ann àn
latha no dhà thruis e mu thuaiream dà fhichead
punnd Sasuunnach a chuir Dà'idh Sùlair gu
comhfhurtachail air a chasan a rithisd.   Is ann
mar so a bu chòir do dheadh choimhearsnaich
deanamh r'a chéile.   Cha do chur Dà'idh Sùlair
agus Peigi a bhean sgillinn gu bràth tuille ann
an crannchur.—Mur do shiubhail iad uaith sin
tha iad beò fhathast.

Eadar le T. B. O.

NA TRI FAINNEACHAN, &c.

O chionn fada an t-saoghail, ma's fhior na chuala mi, bha iomadh rud a' tachairt a bha ro iongantach. Bha buidsich agus bana-bhuidsich ann a thionndadh le buille de shlachdan draoidheachd carragh cloiche gu h-òr, agus duine gu riochd aon a dh'ainmhidibh an achaidh, no eadhon gu sgonn maide. Bha iomadh dòigh ann air bacadh a chur air tinnis 's air a' bhàs fhéin. Bha dòighean ann air muinntir a chumail òg a ghnath, agus air an deanamh aoidheil, ciùin, tlachdmhor anns na h-uile ni air chor a's gu'm bidh sìth agus sonas a ghnàth a' riaghlaidh 'nam measg. Dheanadh iad so gu léir le fàinne druidheil a chur air meur neach, no le trusgan-sìthe a chur uime. Bithidh sinne a tha beò 's an linn as-creidmhich so gle mhall gu creideas sam bith a thoirt do sgeul faoin de'n t-seorsa, ach tha, aig a' cheart àm, iomadh leasan maith ri fhaotainn uaith. A bharrachd air sin bithidh sinn ullamh air a bhith 'g ràdh nach robh anns an t-sluagh am measg an d'éirich na beachdan faoine so ach sluagh dorcha, borb, amaideach, aineolach. Tha eagal mòr orm gu'm bheil sinne, moiteil 's mar a tha sinn as ar cuid fòghluim, mòran ni's fhaide air ais ann an iomadh ni na iadsan. Innsidh mi sgeula beag no dhà a nochdas gu soilleir cho glic 's cho tùrail 's a bha'n seann sluagh so.

Bha duine uasal ann aon uair aig an robh fàinne ro luachmhor a bheireadh air duine sam bith aig am biodh e gu'm biodh spéis mhòr aig na h-uile neach dheth. Aig àm a bhàis thug se e do'n mhac bu docha leis air chùmhnanta gu'n gleidheadh se e gus am fàgadh se e mar an

ceudna aig a' mhac bu docha leis aig àm a bhàis,
agus mar sin air aghaidh fhad 's a bhiodh mac a'
tighinn an ionad an athar. A bharrachd air a
so, am mac a gheibheadh am fàinne 's ann aige
bhiodh riaghladh an teaghlaich agus a' chòir-
bhreth, eadhon ged a b' e b' òige de'n teaghlach.
An déigh do'n fhàinne a bhi air a liubhairt a
nuas o athair gu mac fad iomadh ginealaich
thachair mu dheireadh gu'n robh e aig athair aig
an robh triùir mhac a bha anns na h-uile ni
anabarrach ùmhal, agus dleasnach. Bha e cho
miadhail orra na'n triùir 's nach robh fhios aige
co aca d'an tugadh e'm fàinne. Mu dheireadh
thall 's e bhuail 's a' cheann aige gu'n rachadh e
far an robh an t-òr-cheard 's gu'm tugadh e air
dà fhàinne eile 'dheanamh cho coltach 's a b'
urrainn da ris an fhàinne bhuadhach. 'S ann
mar so a bha. Rinneadh an dà fhàinne, agus
bha iad cho coltach ris an fhàinne bhuadhach
's nach robh e'n comas do dhuine bha beò eadar-
dhealachadh air an t-saoghal a chur eatorra.
'N uair a bha e air leabaidh a bhàis dh'iarr e a
mhac bu shine a thoirt 'na làthair, agus air dha
comhairlean maithe a thoirt air agus a bheann-
achd fhàgail aige thug e dha fear de na fàinneach-
an. Chuir e fios air an dara mac agus air an
treas mac agus rinn e'n ni ceudna riutha.
Beagan ùine na dhéigh sin dh'eug e. Thiodh-
laic a chuid mac e, agus an déigh do gach ni bhi
thairis dh'inis am mac bu shine gu'n d'fhuair
esan am fàinne o athair, agus mar sin gur ann
aige bha còir air gach ni a dh'fhàg 'athair. Bha
mòr-ioghnadh air a dhithis bhraithrean an uair
a chuala iad so, ach 's ann a bha'n t-ioghnadh
orra 'n uair a dh'innis gach fear mar a thuirt

'athair ris. Thug gach fear 'fhàinne fhéin a
làthair, ach cha robh e 'nan comas a dheanamh
a mach co aig a bha'm fàinne buadhach. Bha'n
dithis a b'òige 'g am meas fhéin a h-uile buille
cho maith còir air aon dad a dh'fhàg an athair
ris an fear bu shine. Mu dheireadh thall chaidh
na fir cho fada thar a chéile 's gu 'n tug iad a'
chùis an làthair a' bhreitheamh. Thug gach fear
a thaobh fhéin de'n chùis air aghaidh le innseadh
mar a thuirt 'athair ris. Cha chreideadh fear
seach fear dhiu gu'n tug an athair fealag asda;
ach bha gach fear car ann am beachd gu'n d'thug
a bhraithrean ionnsuidh air a char a thoirt as le
fàinne mealta thoirt air aghaidh. Ach an déigh
na h-uile rud bha leithid a dh'earbsa aca 'na
chéile 's nach b'urrainn doibh so a làn chreidsinn.
Bha'm breitheamh e fhéin ann an iom-chomhairle
nach bu bheag mu'n chùis, ach mu dheireadh
thug e breth mar a leanas: "Cha'n urrainn
dòmhsa 'dheanamh a mach cia c'm fàinne ceart,
agus mar sin cha'n urrainn domh ràdh co aige
tha còir air a bhi 'na cheann thairis air an teagh-
lach. Ma tha e fìor gu'm bheil buaidh shòn-
raichte anns an fhàinne cheart a chum an neach
aig am bheil e a dheanamh ionmhuinn ann an
sealladh nan uile dhaoine, tha e mar an ceudna
cheart cho fìor nach urrainn gu'm bi a' bhuaidh
shònraichte so anns an dà fhàinne eile. Tillibh
dhachaidh, agus sguiribh dhe'r n-aimhreit.
Creideadh gach fear agaibh gur h-ann aige fhéin
a tha'm fàinne ceart, agus a chum sin a dhearbh-
adh dha fhéin 's do mhuinntir eile, deanadh e
strì a chum e-fhéin a dheanamh ionmhuinn leis
na h-uile. An neach a bheir bàrr agus is mò
choisneas de ghràdh muinntir eile dearbhaidh e

gu soilleir gur ann aige a tha'm fàinne ceart."
Lean iad a' chomhairle ghlic agus maith so a
thug am breitheamh orra, agus rinnn iad strì
feuch co bu ghràdhaiche 's bu neo-fhéineile gus
mu dheireadh thall an deachaidh gach aimreit a
bh'eatora mu na fàinneachan air dichuimhne.
Chaith iad am beatha gu réidh agus gu sona
maille r'a cheile.

Bha aon uair ann an aon de dhùthchannaibh
na h-airde-near duine uasal a bha ann an suidh-
eachadh ro àrd 's an rìoghachd. B'e a b'fhaisge
ann an inbhe air an rìgh fhéin. Ciod sam bith
tubaist a dh'éirich dha thachair gu'n d'rinn e dol
as an rathad air choreigin a choisinn dha diomadh
agus corruich an righ. Thug an rìgh òrdugh
teann cruaidh e bhi air a gleidheadh 'na phrìos-
anach fhad 's bu bheò e ann an seòmar beag am
mullach tùir àird. Rud nach b'ioghnadh bha a
chridhe gu briseadh le bròn. Bha e cruaidh leis
deadhghean an rìgh a chall, ach bu shuarach leis
sin seach a bhi dealachadh r'a mhnaoi 's r'a
phàisdean. Chunnaic e air a shon sin nach
deanadh bròn feum sam bith dha, agus gu'm
b'fheàrr dha an oidhirp a b'fheàrr a' b'urrainn
da dheanamh air teicheadh as an tùr. Cha robh
e furasda dha idir teicheadh. Cha 'n fhaigheadh
e sìos gun fhios, a chionn gu'n robh luchd-faire a
ghnàth aig dorsaibh an tùir agus na'n tilgeadh
se e fhéin sìos leis an uinneig bhiodh e grad
mharbh 'n uair a bhuaileadh e shìos. Bu duine
e aig an robh mòr eolas mu thimchioll iomadh
ni. Bha e ghnàth a' deanamh feum de shùilibh
's de chluasaibh. Bha e a' gabhail beachd air
gnathannaibh gach creutair bheò air am b'urrainn
dha a bheag a dh'eòlas a chur. Ann an àm na

trioblaid rinn an t-eòlas so feum mòr dha—thug
e comas dha air teicheadh as an tùr. 'S ann o
ghnàthannaibh daolaig, an creutair beag suarach
sin air am feudadh na h-uile neach a bhi glé
còlach, a dh'fhòghlum e an dòigh air am faigheadh
e teicheadh,

Air feasgar àraidh thàinig a bhean gu bonn an
tùir, 's thòisich i ri gul 's ri caoidh. Labhair e
rithe mar so, " Ma 's maith leat mise a bhi air
mo chur air mo chomas, grad sguir dhe d'bhròn,
agus rach dachaidh agus na tig air ais gus am
faigh thu na nithean so : daolag dhubh bheò, rud
beag de sheann ìm, ceirsle bheag de shnàth grinn
sìoda, ceirsle de shnàth cainbe, ceirsle le chòrd
maith làidir, agus cuairteag mhaith de bhall."
Ghrad dh'fhalbh a bhean dhachaidh, agus fhuair
i na h-uile ni dhiu so, An ath oidhche thàinig
i leò gu bonn an tùir. Dh'iarr e oirre rud de'n
ìm a chur air ceann na daolaig, agus ceann an
t-snàth shioda a cheangal m'a meadhon, agus a cur
air balla an tùir 's a h-aghaidh a chur rathad
mullach an tùir. Rinn a bhean so. Nis tha e
'na chleachdadh aig an daolaig à bhi sìor dhol air
aghaidh air an rathad air am faigh i fàileadh
làidir sam bith as a cionn. Nuair a chuireadh
a h-aghaidh ri bun an tùir, air dhi a bhi air a
tarruing le fàladh an ime 'bh'air a ceann,
choisich i suas air an bhalla gus mu dheireadh an
d'ràinig i an uinneag far an robh am prìosanach.
Fhuair e mar so greim air an t-snàth shioda,
agus 'n uair a fhuair, cheangail a bhean ceann
na ceirsle cainbe ris. Tharruing e thuige e, agus
na dhéigh sin an còrc, 's mu dheireadh am ball.
Cheangail e'm ball ris an uinneig, agus mar so
leig e e-fhéin sìos leis an uinneig. Fhuair e mar

so a shaorsa troimh an eòlas a fhuair e air cleachd-
adh na daolaig.

BODACHAN-A'-GHARAIDH.

MAR CHAIDH A CHIAD SIONNACH DO MHUILE.

Tha am bàrd ag iomradh air an àm anns an
robh " Gàidhlig aig na h-eoin 's a thuigeadh iad
glòir nan dàn." Is ann 's ann àm 's an robh
Gaidhlig aig na sionnaich a dh' fheumadh gu 'n
do thachair an ni tha orm 'aithris an dràst. Co
nach cuala mu sheòltachd nan sionnach, agus mu
na cuir agus na cuilbheartan a chuireas iad an
cleachdadh chum ruigheach air am miann.

Bha sionnach slìogach, ruadh fad mhoran
bhliadhnaichean a' siubhal nan cnoc agus a'
taghal nan eas eadar an Rugha-breac agus Aird-
nan-capull, anns an Eilean Shaoileach. Ged a bha
e an làn bheachd gu'n robh a chòir air an
fhearann cho math ris na còirichean aig Morair
Bhealaich, agus ged nach robh e a' meas gu'n
robh cionta no coire sa bith ann an cearc a thoirt
an diugh as an Dunmhor, no uan am màireach
á Cille-Bhrìghde, bha aon no dha anns an eilean
nach robh d'an bharail cheudna ; agus eadar
Dònull-nan-sionnach le 'chuid abhagan, agus
clobairean nan tuathanach le'n coin-chaorach, cha
robh a chaithe-beatha idir cho sìochail 's a
mhiannaicheadh e. Cha robh càrn no aite-falaich
eadar Cùl-na-coille agus Sloc-an-eich-dhuinn nach
b'aithne dha, ach an déigh a h-uile rud a bh'ann,
is iomadh caol-theàrnadh a bha aige, air alt 's

mu dheireadh gu 'n d' fhàs e gu tur sgìth d'a
bheatha anns an eilean, agus chuir e roimhe, na 'n
gabhadh seòl no dòigh deanamh, gu 'n rachadh
e thairis do'n Eilean Mhuileach a bha a' sineadh
sios m'a choinnimh, ach a bha iomadh mìle uaith
anns an àirde 'n iar. Tha e coltach gus an t-àm
so nach robh sionnach ann am Muile, agus cha 'n
'eil fhios agam an robh iarraidh air. Cha 'n
abair mi nach tugadh Alasdair Fliuch anns a'
Chrògan rud no dha na 'm b' urrain da an
cumail as gu buileach; agus tha mi cinnteach
nach d' thùg e maitheanas riabh do 'n fheadhainn
a chuidich ann a' chiad fhear.

Cha mhor laithean air nach robh cuid no
cuideigin a nunn s' a nall eadar Muile agus
Saoil; bha malairt de sheòrsa no dha eadar an
dà eilean. Bu mhath a chunnaic an sionnach
so; ach cia mar bha e ri faighinn thairis do
Mhuile, cha robh fios aige. Latha de na laithean
agus e ga 'fhalach fhéin am an sloc os cionn
cladach Aird-nan-capull, an anail 'n a uchd, agus
e an déigh a ruagadh le aon de choin a' Chuirn-
bhàin, cha mhor nach robh e air bòidean a thoirt
gu 'n leumadh e a mach anns a' mhuir agus gu 'n
cuireadh e as da féin, an uair a chunnaic e
seòl geal bàta ag éirigh a mach bho chladach
Mhuile, agus a reir coltais, a' deanamh dìreach
air a' phort a bha aig a chasan. Na bu dluithe
agus na bu dluithe thàinig am bàta, agus ceart
mar a shaoil e bhuail i air a' chladach mar ur-
chair cloiche do 'n aite anns an robh e ga 'fhalach
fhéin. Bu mhath a dh' aithnich e gu 'n robh
aca ri tilleadh an rathad a thàinig iad, ach b'e
an càs cia mar a rachadh aige air faighinn thar
an aisig leò. Cha b' fhada bha fear nan car 's

nan cleas ag amas air dòigh. Am feadh a bha
na Muilich a' deanamh an gnothaich, agus a' cur
seachad beagan ùine as a dhéigh sin ann an
Tigh-an-triubhais a' feitheamh an t-siùil-mhara,
thàinig mo laochan a nuas, agus an déigh dha
tumadh a thoirt anns an t-sàile, laidh e maol-
marbh am measg na feamnach air an tràigh, goirid
bho 'n àite anns an robh am bàta ceangailte aig
na feara. An ceann greis thàinig na Muilich a
nuas thun a' bhàta; leum iad uile a stigh ach am
fear a bha ri a leigeil mar sgaoil; agus dìreach
an uair a bha e 'dol ga 'fuasgladh faicidh e an
sionnach na 'laidhe, mar shaoil esan, na 'chlos-
aich mhairbh. "Fhir a th' ann," ars' esan, agus
e ga 'thogail air chasan-deiridh, "nach ann ortsa
a thàinig an dà latha an uair is ann am measg
feamainn agus anabas a' chladaich a fhuair thu
do leaba-bhàis! C' àite an robh do chuilbheartan
agus do chleasan an latha a thàinig an càramh so
ort? Co dhuibh a b' urchair no abhag a thug
gus a' so thu? no an deachaidh do bhàthadh agus
do thilgeadh a stigh an so air bhàrr nan tonn?
Cha bu cheàrr a chaidh am port so ainmeachadh,
' Port-nam-mèirleach,' ged nach biodh ann ach
gu 'n d' fhuaradh do chlosach-sa air tìr ann. Ach
tha do mhèirle thairis; cha ghoid thu cearc no
caora tuille; bheir sinn leinn thu gu fearann a
bha thuige so saor o d' sheòrsa, agus tha dòchas
agam a bhios; lìonaidh sinn do chraicionn làn
cònlaich an àite sìthne mar b' àbhaist, agus cuir-
idh sinn ad sheasamh thu ad bhòcan a chumail
nan cearc as a ghàradh." Le so a ràdh, thilg e
an sionnach a stigh ann an toiseach na geola agus
an ròpa-toisich air a mhuin, agus phut e air falbh i.

Is iongantach mar chuireas rud faoin teangannan dhaoine air ghluasad, agus a chumas e aig aon nì iad fad uine. Cha mhór gu 'n deachaidh facal a labhairt eadar Port-nam-mèirleach agus Muile, ach mu shionnaich. Is ann an sin a bha na sgeulachdan m' an timchioll. Bha feadhainn ga 'm moladh agus càch ga 'n càineadh; agus sheinn fear diubh òran Dhonnachaidh Bhàin—

"Mo bheannachd aig na balgairean,
A chionn bhi 'sealg nan coarach!"

An uair a bhuail iad tìr rug fear dhiubh air an t-sionnach agus thilg e fad a laimhe air talamh tioram e. "So!" ars' esan—"a' chiad sionnach a bha riabh am Muile," "Agus tha dòchas agam gur e am fear mu dheireadh," bha fear eile 'dol a fhreagairt, an uair a chunnaic iad an sionnach còir a' toirt leum air a chasan, slàn, fallain. Thug e sùil thar a ghualainn; chaog e ris an fheadainn a bha ga 'sheasamh anns a' bhàta mar gu 'n abradh e, "Gu robh math agaibh; cha chaill sibh air;" agus an sin sheall e gu geur air càch mar gu 'm biodh e a' bagar ciod a thachradh do na h-uain acasan an éirig an càinidh air san; thug e crathadh air fhéin; bhog e 'earball 's thog e a chluasan. thàr e as ris a' bhruthach, agus cha 'n fhac' iad riabh tuille e.

Sin mar fhuair a' chiad sionnach do Mhuile, agus cha robh Muile riabh as a dhéigh sin gun sionnaich gu leòir. Ma 's breug uam e is breug thugan e.

I. B. O.

DAMON AGUS PITIAS.

An uair a chaidh Damon a dhiteadh le Dion-
isius gu bhi air a chur gu bàs air latha àraidh,
ghuidh e gu 'n tugteadh cead dha dol turas d'a
dhùthaich féin a chum gnothaichean a theagh-
laich bhrònaich a chur an òrdugh. Chuir an
t-uachdran aniochdmhor roimhe so a dhiùltadh
dha, le cead a thoirt da falbh air cumhnantan a
mheas esan neo-chomasach a choimhlionadh; b 'e
sin, gu 'm fàgadh e fear-eigin mar urras gu 'n
tilleadh e air an latha, agus mur tilleadh, gu 'n
rachadh am fear-ionaid a chur gu bàs 'n a àite.
Chuala Pitias na cumhnantan cruaidh, agus cha d'
fheith e gus an rachadh iarraidh air, ach 's ann
a thairg e gun mhoille e féin mar urras air son
a charaid ; nì ris an do ghabhadh, agus chaidh
Damon a ghrad chur mar sgaoil. Ghabh an rìgh
agus a chuid comhairleach mor-ioghnadh ri gniomh
Phitias ; agus uime sin, an uair a bha latha na
binne a' teachd dlùth, chaidh e air son annais a
dh-fhaicinn Phitiais anns a' phriosan. An déigh
dhaibh a bhi a' còmhradh car ùine mu chàirdeas
agus mu dhìllseachd, thug an rìgh mar a bharail
gu 'm b'e an leas agus am math féin a chosnadh
's a chur air aghaidh an t-aon nì a bha a' gluasad
dhaoine gu gniomharan sam bith a dheanamh ;
agus air son subhailc, càirdeis, fiùghantachd,
ghàdh-dùthcha agus an leithide sin, thuirt e gu 'n
robh e 'g am meas dìreach mar bhriathran air
an tionnsgnadh le daoine seòlta a chum muinntir
lag inntinneach a mhealladh. "Le cead ur mor-
achd," arsa Pitias, le gnùis fhlathail 's le guth
ard, "b' fheàrr leam, na 'm bu chomasach e, mìle
bàs fhulang, na gu 'n tigeadh mo charaid geàrr

ann an aon lide d' a onair agus d' a fhìrinn. Cha
dean e sin, mo thighearna; tha mi cho cinnteach
as a dhìllseachd 's a tha mi gù bheil mi féin beò
ann an so. Ach tha mi ag aslachadh air na
diathan àrda gu 'n caomhain iad araon beatha
agus tréibhdhireas mo charaid Damon. Eiribh
'n a aghaidh, a ghaothan na h-iarmailt, bacaibh
déine agus braise a dhìchill chliùitich, agus na
fuilingibh dha tilleadh gus an déigh dhòmhsa le
m' bhàs a bheathasan a shaoradh—a bheathasan
a tha mìle uair na 's luachmhoire na mo bheatha-
sa; na 's luachmhoire d' a mhnaoi ghràdhaich,
d' a leanabanan caomh, d' a chàirdean, agus d' a
dhùthaich. Bu mhiosa leam gu mor na 'm bàs
gu 'n tilleadh mo Dhamon caomh an àm gu
fulang e féin." Bha Dionisius fo fhiamh agus
air a lionadh le ioghnadh le uaisleachd nam
briathar so, agus leis a' mhodh anns an do
labhradh iad; mhothaich e a chridhe air a bhual-
adh le plathadh d' an fhìrinn; ach bu mhò bha
de imcheist na de thaiseachadh 'n a inntinn
uaibhrich. Thàinig an latha dòlasach. Chaidh
Pitias a thoirt a mach, agus le freiceadan de
shaighdearan air gach taobh dhe, choisich e le
ceum aotram, agus a ghnùis suidhichte, ach gun
smuiarean, a dh-ionnsaidh an àite anns an robh
a' bhinn ri 'cur an gniomh. Bha Dionisius
cheana an sin 'n a shuidhe ann an carbad greadh-
nach, àrd, air a tharraing le sé eich. Bha a
ghnùis fo throm smuain, agus a shùil a ghnàth
air a' phriosanach. Thàinig Pitias air aghaidh
gu h-aotrom, iallagach, agus air dha seasamh car
tiota ag amharc gun eagal, gun fhiamh air inneal
a bhàis, thionndaidh e m' an cuairt agus labhair
e mar a leanas ris an t-sluagh: "Tha m' ùrnaigh-

ean air an éisdeachd; tha na diathan fàbharach
dhomh; tha fhios agaibh, mo chàirdean, gus an
dé gu 'n robh a' ghaoth an ceann aig Damon;
cha b' urrainn da tighinn—bha sin eucomasach
da. Bidh e an so a màireach, ach bidh an fhuil
a théid a dhorteadh an diugh air a bheatha a
chosnadh do m' charaid. O, na 'm b' urrainn
domh gach amharus a dhubhadh a mach as bhur
cridheachan, agus gach teagamh suarach a dh'
fhaodas a bhi ag éirigh annta mu thréibhdhireas
an duine sin air son a bheil mi dol a dh' fhulang,
rachainn a dh'ionnsaidh mo bhàis cho togarach
's a rachainn thun mo bhainnse. Fóghnadh e an
dràst gu 'm faighear mo charaid dìleas; gu bheil
'fhirinteachd gun mheang; gu 'n toir a gun dàil
dearbhadh air sin; gu bheil e aig a' cheart uair
so a' dian ghreasad air a shlighe, 'g a choireach-
adh féin agus nan siantan agus nan diathan—
ach greasam gu bhi an toiseach air a luaths; a
chrochadair, dean do dhleasnas." Is gann a bha
na facail mu dheireadh as a bheul an uair a
chunnacas gluasad am measg iomall an t-sluaigh;
chualas guth fad' as, thog an sluagh na facail,
agus, "Stad, stad, a chrochadair!" ghlaodh iad
uile mach. Chunnacas duine 'tighinn 'n a dhian
chabhaig; dh' fhosgail an sluagh bealach réidh
dha; bha e 'marcachd air steud-each a' sruthadh
le fallus agus geal le cobhar: ann an priobadh
na sùl bha e bhàrr an eich, leum e agus thilg e
'dhà laimh mu mhuineal Phitias. "Tha do
bheatha caomhainte," ghlaodh e, "tha do bheatha
caomhainte, mo charaid, mo charaid gràdhach!
taing do na cumhachdan gu h-àrd, tha thu slàn;
cha 'n 'eil agamsa a nis r' a dheanamh ach am
bàs fhulang, agus tha mi air mo shaoradh bho

dhoilgheas an agartais a bha mi a' deanamh orm féin a chionn gu 'n do chuir mi ann an cnnnart beatha a bha cho mor na bu luachmhoire na mo bheatha féin." 'N a sheasamh gu glas-neulach, fuar ann an glacaibh Dhamoin, fhreagair Pitias ann am briathran dubhach, "O, cabhag na truaighe! Déine na dunach! Co na cumhachd-an farmadach a chuidich leat anns an euchd mhi-fhortanaich so! Ach cha téid am aghaidh gu buileach: mur faod mi bàsachadh gu d' shaoradh, cha bhi mi beò ad dhéigh." Chuala Dionisius, 'us chunnaic, 'us thug e fainear gach nì dhe so le iongantas ro mhor. Dhrùigh e air a chridhe, ghuil e, agus a' fàgail a chathair-rioghail àird, chaidh e suas far an robh Damon agus Pitias. "Bithibh saor agus mairibh beò, a chàraid gun choimeas!" ars' esan; "thug sibh dearbhadh do-àicheadh gu bheil fìrinn agus dìllseachd ann; agus tha an fhìrinn sin a' foill-seachadh gu bheil Dia ann nach leig gu 'n caill i a duais. Beatha shona agus cliù gu 'n robh agaibh; agus O, seòlaibh mi le 'r comhairlean, mar tha sibh ga m' chuireadh le 'r n-eiseimpleir, gu bhi airidh air co-phàirt de chàirdeas cho tréibhdhireach agus cho fior."

Eadar. le I. O. B.

AM BUACHAILLE-LAOGH AGUS AM MINISTEIR.

Bha balachan òg, mac baintrich bhochd, aon uair'n a bhuachaille-laogh aig tuathanach, àraidh. Bha e a' faighinn a bhìdh mar thuarasdal o 'n tuathanach, agus bha a mhàthair 'g a cumail féin a suas mar a b' fheàrr a b' urrainn di le 'bhi ag

obair do na coimhearsnaich, maille ri cuid-
eacheadh beag a bha air a bhuileachadh oirre o
am gu am á airgiod nam bochd. Thuit gu 'n
robh fearann an tuathanaich a' criochnachadh ri
glebe a' mhinistir agus co-dhiu a leig am buach-
aille na laoigh am measg coirce a' mhinistir, no
ciod air bith a b' aobhar, ghabh e fuath agus
gamhlas mor do 'n bhalachan, agus cha 'n iarradh
e ach a' bhi 'g a smàdadh a h-uile cothrom a
gheobhadh e. Bha aig a' mhinisteir gille
miodalach, tràilleil a b' àbhaist da a thoirt leis
an uair a bhiodh e, le 'charbad beag, a' gabhail
a chuairt troimh 'n sgìreachd. Thachair dhoibh
a bhi a' gabhail sgriob air latha àraidh, agus
faicidh iad buachaille nan laogh 'n a shuidhe
taobh an rathaid mhoir le deise ùir aodaich air.
Bu mhath a bha fios aig a' mhinisteir c' àite 'n
d' fhuair am balachan an deise, agus smaointich
e gu 'n gabhadh e an cothrom air a nàrachadh.
" Co, mo ghille math," ars' esan, " a chuir ort an
deise ùr, ghasda sin ? " " Chuir," thuirt am
balachan bochd 's e 'togail a chinn, " le 'r cead a
mhinisteir, a' cheart fheadhainn a chuir an deise
sin oirbhse,—chuir an sgìreachd." An uair a
mhothaich am ministeir a' chùis air a tilgeil cho
deas 'n a aodann leis a' bhalachan chuir e 'chuip
ris an each, agus thàr e as. Ach air dha dol
beagan air aghart smuainich e gu 'm bu tàmailt-
each da leigeil leis an ruaig a bhi air a cur air
mar so an làthair a ghille féin ; stad e an carbad,
agus chuir e air ais an gille a dh-fheòraich d' an
bhalachan, an gabhadh e muinntireas gu bhi
'n a *bhurraidh* aig a' mhinisteir. Thill an gille le
othail mhòir, agus chuir e a' cheist ris a' bhauch-
aille. " Am bheil thusa dol g' a fhàgail ? " ars'

am balachan. "Cha 'n eil," fhreagair an gille.
"Ma ta, mar eil," thuirt am balachan, "rach air
d'ais agus abair ris a' mhinisteir, gu 'm bheil
mise 'meas gu 'm bheil a thighinn a stigh beag
gu leòir a chumail a suas *dà bhurraidh* gun ghuth
air a' bhi ag iarraidh an treas fir!" Dh' fhalbh
an gille 's a theanga 'n a phluic a dh' innseadh a
shoirbheachaidh, agus is i mo bharail nach do
chuir e féin no am ministeir a' bheag tuillidh de
dhragh air a' bhuachaille-laogh.

I. O. B.

LOCHINBHAR.

Thàinig triath Lochinbhàr as an Iar oirnn gu
    grad,
Air steud each a b'àille 's na crìochaibh air fad;
Gun bhall air a shiubhal ach claidheamh deas,
    treun,
A' marcachd gun armachd 's a' marcachd leis
    fhéin!
Cho dìleas an gaol, 'us cho gaisgeil am blàr,
Cha'n fhacas riamh coimeas do thriath Lochin-
    bhàr!

Gun chùram do bhacadh, gun eagal roimh nàmh,
Far an doimhne an amhainn, rinn esan a snàmh;—
Ach *Netherby Hall*, m'an do ràinig e thall,
Thug a leannan a h-aonta, 's bha 'shaoir-san air
    chall,
Oir bha giùgaire 'n gaol, agus cladhaire 'm blàr,
Dol a phòsadh na h-ainnir aig triath Lochinbhàr.

Do *Netherby Hall* gu neo-sgàthach ghabh e steach,
Am measg fhleasgach 'us chàirdean, 'us bhrà'rean,
   's gach neach !
'Sin thuirt athair na gruagaich, 's a làmh air a
   lann,—
(Bha 'm fear-bainnse air chrith, 's e gun smid as
   a cheann.)
"An d'thàinig thu 'n sìth no an d'thàin' thu chum
   àir?
No a dhanns' aig a' phòsadh, a thriath Lochin-
   bhàr ? "

" B'fhad' a shuiridh mi do nighean, ged dhiùlt
   thu mo ghràdh ;
Ach tha 'n gaol mar a' mhuir, ni e lìonadh 'us
   trà'dh ;
'Us thàinig mi dh'ionnsaidh a' phòsaidh gun sion,
'Ach a dhanns' leis an òg-bhean, 's a dh'òl leatha
   fìon.
Tha pailteas an Albainn de dh'òighibh a's fheàrr,
A ghabhadh gu deònach tighearn òg Lochinbhàr!"

Bhlais ise ; ghlac esan an copan gu teann,
'Us thilg e á làimh e 'n uair dh' òl e na bh' ann ;
Chrom ise gu màllda 's a h-aghaidh fo nàir',—
Le deur air a sùil, 's air a bilibh fèith-ghàir'.
Ghabh e greim air a làimh dh' aindeoin bacadh
   a màth'r,—
"'Nis théid sinn a dhannsadh ! " thuirt triath
   Lochinbhàr.

A chruth-san cho àluinn, 's a gnùis-se cho briagh,
Cha 'n fhacas aon chàraid thug bàrr orra riamh ;
Fo chorruich bha h-athair, a màthair, 's a luchd-
   dàimh,

'S am fear-bainnse trom, dubhach, 's a bhoineid
   'n a làimh;—
Rinn na maighdeannan cagar, "B'e mòran a b'
   fheàrr,
" I dh' fhaotainn r'a phòsadh tighearn òg Lochin-
   bhàr!"

Air dha beantuinn r'a làimh agus cagar n'a ceann,
A mach air an dorus a gheàrr iad le deann;
Thog e suas air an each i, 's am priobadh na sùl,
Bha esan 's an dìolaid 'us is' aig a chùl!
"Tha i agum gun taing! Beannachd leibh!" thuirt
   an sàr,
" Bith iad tapaidh a ghlacas tighearn òg Lochin-
   bhàr."

Chur na càirdean le cabhag an eachaibh air dòigh:
Cuid a' ruith, cuid a' marcachd a ghlacadh na
   h-òigh:
Bha ruagadh, 'us réiseadh, thar raointibh 'us
   shliabh,
Ach sealladh do'n òg-bhean cha'n fhacaidh iad
   riamh!
Cho treubhach an gaol, 'us cho gaisgeil am blàr,
Am facas riamh leithid tighearn òg Lochinbhàr!

Eadar. le I. B. O.

PARA PIOBAIRE.

NAIDHEACHD EIRIONNACH.

Tha naidheachd agam duit, agus tha i neònach;
ach iongantach 's mar tha i, tha i cho fìor 's a
tha e gu bheil mise am sheasamh ann an so,
agus is breugach do 'n fhear a chuireas sin an
ag;—Thachair an nì so ann an àm an Ar-a-mach,

an uair a bha na làithean fada samhraidh,
coltach ri beatha iomadh òigeir grinn, air an
gearradh goirid leis na laghannan a chaidh a thoirt
a mach 'n ar n-aghaidh—laghannan nach ceadaich-
eadh do dhuine sam bith, math no dona, bhi mach
air dorus an dèigh claonadh feasgair; oir an
uair a bha obair an latha thairis, cha robh a
chridh' againn dol a ghabhail lan-beòil le caraid,
na a dhannsadh le nigheanaig, ach dh' fhemadh-
maid falbh dhachaidh, agus sinn féin a chùbadh
a suas fo ghlais, agus gun chrann a thoirt bhàrr
doruis gus an éireadh a' ghrian 's a' mhadainn.

Ach coma, gu tighinn gu m' naidheachd :—
Am feadh a bha sinn, oidhche de na h-oidh-
cheannan, 'n ar suidhe mu 'n chagailt agus a'
phoit-bhuntàta a' goil air an teine, agus na
cuachan bainne làn, deas air son ar suipeireach
chuala sinn buille aig an dorus. "Cuist," arsa
m' athair, "sin agad na saighdearan oirnn a nis;
tha eagal orm gu 'm faca iad aiteal an teine
troimh na tuill a tha air an dorus. Cha 'n 'eil
math dhuinn a bhi 'cur am fiachaibh dhaibh gu
bheil sinn 'n ar laidhe—falbh, a Sheumais,"
thuirt e rium fhéin, " agus seall co tha ann ; ach
air do bheatha na fosgail an dorus do dhuine beò
ach do na saighdearan agus feuch gu 'n sliog 's
gu 'm breug thu iad mar a's fearr a's urrainn
duit."

Air so thug mi 'n dorus orm, 's glaodhar, " Có
tha sin ?" "Tha mise," thuirt am fear a bha
mach. "Agus có thusa ?" arsa mi fhéin.
" Nach 'eil thu ga m' aithneachainn," ars' esan,
—" do charaid, Pàra Piobaire ?" " O, shiorraim
's a' rìgh," arsa mise, " ciod a thug a' so thu mu
'n àm so dh' oidhche ?" " Ma ta," fhreagair

Pàraig, "cha robh toil agam dol m' am cuairt an rathad-mor, ghabh mi an t-ath-ghoirid, chaidh mi air seacharan, agus sin agad ciod a chum cho anmoch mi." "Cha ghabhainn," arsa mise, "crùn an rìgh agus a bhi ann ad àite; oir tha fhios gle mhath agad fhéin gur e crochadh do chuibhrionn ma chìthear a mach thu 's na h-amannan cruaidhe so."

"Tha fhios agam gu math air sin,' fhreagair am piobaire, "Ni-math ga m' dhion! agus is e sin a chuir a' so mi; leig a stigh mi air sgàth seann eòlais." "O, air m' fhacal," arsa mise, "cha 'n 'eil a chridh' agam an dorus 'fhosgladh air son an t-saoghail, mar is math tha fhios agad; agus ma bheireas na saighdearan ortsa tha do cheann an geall na 's fhiach e—théid do chrochadh cho cinnteach 's is e Pàraig is ainm duit." "Gu 'n robh math agad," ars' esan, "ach tha dòchas agam nach e sin is deireadh dhomh fhathast." "Ma ta," arsa mise, "rach agus falaich thu féin cho luath 's is urrainn duit, neò 's i binn ghoirid 's teadhair fhada na gheobh thu bho na saighdearan—oir, ceartas cha 'n aithne do na slaightirean agus tròcair cha 'n 'eil aca!" "An tuilleadh aobhair air son gu 'n leigeadh tù stigh mi, Sheumais," arsa Pàraig bochd. "Is diomhain duit a bhi a' bruidhinn," arsa mise, "cha 'n fhaod mi an dorus 'fhosgladh. Thoir ort am bà-thigh cùl an tighe, far a bheil am mart, agus gheobh thu an sin dais chònlaich air am faod thu cadal gu sona-bheairteach—leaba a dh' fhóghnadh do fhear-fearainn, gun ghuth air piobaire."

Air falbh ghabh Pàraig do 'n bhà-thigh, agus, gu fìor, ràinig e ar cridheachan a dhiùltadh, agus

gu seachd sònraichte o'n bha am buntàta bruich
—agus cha bu sinn a bha riabh doicheallach ri
duine bhochd a thàinig 'n ar caraibh. Coma có
dhiubh, chaidh sinn uile a laidhe, agus neadaich
Pàruig e féin am measg da cònlaich anns a' bhà-
thigh ; agus a nis feumaidh mi innseadh dhuit
mar a chaidh dha :—An déigh do Phàraig a bhi
greis 'n a chadal, dhùisg e suas, agus a' smaoin-
eachadh gu 'n robh a' mhadainn fada air a
h-aghaidh,—ach is i a' ghealach a thug an car as,
—thog e air, oir bha toil aige bhi moch aig a'
bhaile 'b fhaisge dha, do bhrìgh gu 'n robh
faidhir ri bhi ann air an latha sin, agus bha
mhiann air urad 's a b'urrainn da de pheigh-
innean a chur cruinn air an fhéill. Cha robh
anns an dùthaich m' an cuairt piobaire a bheir-
eadh bàrr air Pàraig.

Mar bha mi ag ràdh, thog e air a dhol thur na
fidreach, agus ghabh e frith-rathad troimh na
h-achaidhnean, ach cha deachaidh e ach glé
ghoirid air a thuras an uair a thachair callaid
thiugh air, agus an uair a bha e 'g a shlaodadh
féin troimhpe agus e a sgiolcadh a mach air an
taobh eile dhi thug e gleadhar le 'cheann air
rud-eigin a chuir tein'-athair as na sùilean aige.
Dh' amhairc e suas—agus ciod a shaoileas tu
bh' ann, Nì math 'g ar dion !—ach corp duine,
crochte air meangan craoibhe. "Fàilte na
maidne duit, fhir a th' ann," arsa Pàraig, "cha
bheag an clisgeadh a thug thu dhomh ;" agus
b' fhior dha sin, 's cha b' iongantach e.

A nis, is iad na reubalaich a chroch an duine
truagh, agus bha fhios aig Pàraig air so gu làn
mhath, oir dh' aithnich e air a chulaidh co 'n
dream d' am buineadh e. " Air m' fhacal," ars'

esan, " is eireachdail a' phaidhir bhòtainnean a
tha air do luirgnean, agus is i mo bharail nach
cuir thu bheag a dh-fheum tuille orra ; agus is
nàrach ri 'nnseadh gu 'm bithinnse—am phiob-
aire a's feàrr anns na seachd sgireachdan—a'
siubhal an rathaid le paidhir do sheann chóbuil
bhròg orm nach togadh an diol-déirce a's bochda
's an dùthaich as an dùnan." Rug Pàraig air
na bòtainnean agus thòisich e air an slaodadh
dheth, ach dheth cha tigeadh iad ; mu dheireadh
thug e thairis dhiubh agus bha e bràth togail air
an uair a thug e an ath shùil air na bòtainnean
àluinn, 's chuir e roimhe gu 'm biodh iad aige,
dheòin no dh' aindeòin. Thug e math sgian
mhor, gheur, agus gheàrr e na luirgnean bhàrr
a' chuirp, chàirich e 'n a achlais iad, a' cur
roimhe feuchainn ris na bòtainnean a thoirt
diubh a' chiad chothrom a gheobhadh e. Cha
b' fhada ràinig e an uair a chunnaic e ghealach a'
caogadh a mach fo sgéith neòil ; thug e nis
fainear mar thug i an car as, agus dh' aithnich
e nach robh e ach ro mhoch 's a' mhadainn ; bha
sgàth air agus air eagal gu 'm beirteadh air 's
gu 'n rachadh a ghiollachd coltach ris a' chorp a'
bha e féin an déigh a ghnàthachadh cho neo-
laghail,—thill e air a shàil, thug e air am bà-
thigh far an robh toiseach na h-oidhche, agus
an uair a chuir e falach na bòtainnean agus
speirean a' chuirp am measg na cònlaich, laidh e
sios agus chaidil e. Ach ciod a th' agad air no
dheth, cha b' fhada bha e 'n a laidhe 'n uair
thàinig na saighdearan, agus 's e bh' ann, glacar
agus togar leotha am piobaire beò, slàn—agus bu
gheall a thoill e sin an déigh mar mhi-ghnàthaich
e an corp.

An uair thàinig a' mhadainn, arsa m' athair
rium fhéin, " Falbh a mach an bhà-thigh a
Sheumais, agus abair ri Pàraig bochd tighinn a
stigh a chum 's gu 'm faigh e cuid d' an bhun-
tàta; is neònach leamsa mur 'eil an t-acras air
roimhe so."

A mach an bhà-thigh ghabh mi agus ghlaodh
mi am piobaire air 'ainm, ach smid fhreagairt
cha d' fhuair mi. Ghlaodh mi a rithist 's a
rithist ach facal cha chualas. " An ainm an
àigh, a Phàruig," arsa mise, " c'àite bheil thu ! "
Sheall mi shios 'us shuas ach mìr de Phàriag cha
robh agam. Mu dheireadh. faicear, thar leam.
a dhà chois am measg na cònlaich. " Fhir mo
chridhe," arsa mise, " is tu tha toigheach air
oisinn bhlàth : mur 'eil thu an déigh thu fhéin
a tholladh a stigh anns a' chònlaich cho seasgair
ri deargainn ann am plaide ! ach cuiridh mise
stad air do chuid bruadar." Le so rug mi air
chaol dà chois air—mar shaoil mi fhéin—thug
mi an spionadh sin air, an uair a dh' fhalbh mi
an còmhair mo chùil, ceann thar thulchainn, anns
anns an inne.

An uair a thàinig mi gu seòrsa mothachaidh
bha mi am laidhe air leud mo dhroma agus dà
rud am lamhan coltach ri paidhir dhagaichean—
agus 'bheil fhios agad nach mor nach do chaill
mi sealladh nan sùl an uair a chunnaic mi 'd é
bh' agam ; dà chois duine mhairbh ! Thilg mi
bhuam iad mar gu 'm biodh iad r'a theine ; thug
mi duibh-leum asam agus ghlaodh mi mort 'us
milleadh. " O, a bhana-mhortair gun iochd,"
arsa mise, 's mi maoidheadh mo dhòrn air a'
mhart—" O, a bhéist mhì-nàdurrra, dh' ith thu
Pàraig bochd, a bhrùid gun mhathanas ; is

miosa thu na na daoine dubha ;—agus, an droch
bhàs ort, nach tu bha àilgheasach an uair nach
fóghnadh dhuit gu d' shuipeir ach an t-aona
phiobaire b' fheàrr eadar da cheann na riogh-
achd! Mo thruaigh sinn uile! ciod a their an
dùthaich gu léir ri 'leithid de mhort mì-chneasda?
agus thu an sin a' sealltainn cho sèimh, neo-
chiontach ri uan, agus a' cnàmh do chìr mar nach
biodh sion air taehairt." A mach ghabh mi, oir
gu cinnteach mheas mi gu 'n robh mi fada gu
leòir an cuideachd na béist. Thug mi an tigh
orm agus dh' innis mi dhaibh gach ni mu 'n
chùis.

"Cuist, cuist," arsa m' athair, "cha 'n urrainn
da sin a bhi fior." "Cha 'n 'eil facal bréige ann,"
arsa mise. "An e gu 'n d' ith am mart Pàra
piobaire?" ars' iadsan. "Mar is beò mi, cha 'n
'eil facal agam ach smior na fìrinn; cha d' fhàg
an t-ainmhidh gun iochd mìr d' an Phiobaire ach
a dhà chois 's a bhotàinnean." "Agus dh' ith i
a phiob cuideachd?" arsa mise. An droch bhàs
air a' bhéist," ars' esan, "nach ann aice bha an
déigh air ceòl." "A nis," arsa mo mhàthair, "na
mallaich a' bhò a tha 'toirt bainne do 'n chloinn."
"Mallaichidh mi," thuirt m' athair, "c' arson
nach mallaichinn a leithid a bhéist mhì-nàdurra?
Cha bhi i na 's fhaide agamsa; cuiridh mi a
dh-ionnsaidh na faidhreach i gun tuilleadh dàlach,
agus reicidh mi i air ciod sa bith tairgse 'gheobh
mi. Gabh air falbh, a Sheumais," ars' esan, "cho
luath 's a ghabhas tu greim bìdh, agus thoir leat
i thun na faidhreach." "Ma ta a dhinnseadh
na fìrinn," arsa mise, "b' fheàrr leam aon-eigin
eile 'dhol leatha." "Cuist," ars' esan, "agus na
dean amadan diot féin." Is ann darìreadh a tha

mi," thuirt mi ris; "is sibh féin a b' fheàrr a
bheireadh an aire dhi na mise." "Tha 'n gnothach
gu math," ars' esan; "cha 'n eil fhios agam
c' arson a bhithinn a' gleidheadh coin ma
dh' fheumas mi fhéin an tathunnaich a dheanamh;
na cluinneam facal tuilleadh, ach tog ort leatha,
's na faiceam ceann no crodhan di tuille."

Air falbh ghabh sinn, fada an aghaidh mo thoil,
creid mi; cha robh tlachd sam bith agam a bhi
mar fhad na laimhe do 'n bhrùid neo-chneasda.
Ach coma co dhiubh, gheàrr mi cuaille làidir,
fada, do bhata, los gu 'n rachadh agam air a'
bhanasgail mhortail iomain gun a bhi dlùth dhi ⌄
idir, idir.

Mar bha sinn a' gabhail an rathaid bha an
sluagh a' dùmhlachadh a dh-ionnsaidh na faidh-
reach. "Madainn mhath dhuit, 'ille òig," arsa
duine rium 's an dol seachadh, "is math coltas
a' mhairt a tha thu ag iomain." "Tha i," arsa
mise, "cho math r'a coltas," am Freasdal 'thoirt
mathanais dhomh, is dona thàinig e ri m' chridhe
facal math a ràdh as a leth. "A bheil thu dol
g' a reic?" ars' esan. "Tha," fhreagair mi.
"Ciod tha sùil agad a gheobh thu air a son?" dh'
fheòraich e. "Ma ta, cha 'n 'eil fhios agam,"
thuirt mi—rud a bha fior gu leòir, chionn bha
mi ann an seòrsa imcheist mu 'n bhrùid mhos-
aich uile gu léir. "Is bòidheach an gnothach
dhuit a bhi dol gu margadh," ars' esan, "'s gun
fhios agad ciod is fhiach do chuid feudail." "O,"
arsa mise—'s gun toil agam amharus a bhi aige
gu 'n robh beud air a' mhart—"cha bhi fios aig
neach 'd é gheobh e gus an ruig e an fhaidhir
's am faic e ciod na prìsean tha dol. "Ceart gu

o

leoir," ars' esan, "ach na 'm faigheadh tu tairgse
mhath m' an riugeadh tu an fhaidhir idir, nach
gabhadh tu rithe?" "Gun teagamh," arsa mise.
"Ciod tha thu ag iarraidh oirre, ma ta?" ars'
esan. "Cha bu mhath leam a bhi mi-reusanta,"
thuirt mi ris—oir, a dh-innseadh na fìrinn, bha mi
toileach a bhi réidh 's i—"gabhaidh mi ceithir
puinnd Shasunnach air a son, 's cha gabh mi
peighinn na 's lugha na sin. "Cha chreid mi,"
ars' esan, "nach 'eil i saor gu leòir; ach tha eagal
orm gu bheil rudeigin ceàrr oirre; cha 'n ann air
an t-suim sin a reiceadh tu mart-bainne a coltais
na 'm biodh i gun choire. "Gu dearbh," arsa
mise, "air m' fhacal, tha i math gu bainne."
"Theagamh," ars' esan, "gu 'n deachaidh i bhàrr
a bainne—a bheil i air son a bìdh?" "Moire,
's i th' air son a bìdh!" fhreagair mi, "cha 'n 'eil
a leithid eile air uachdar na cruitheachd, is i mo
bharail; bheir mi mo mhionnan gu 'n ith i."
"Cha 'n 'eil dùil agam gu 'n gabh mi an dràst i,"
ars' esan; "feithidh mi gus am faic ma cia mar
théid do 'n mhargadh." "Tha mi toileach," arsa
mise, a' gabhail orm a bhi caoin-shuarach, ach air
chinnt bha seòrsa amharuis agam gu 'n robh daoine
'faicinn rud-eigin mì-chneasda ann an aogas na
béist, agus nach faighinn bhàrr mo làmhan idir i.
Mu dheireadh ràinig sinn an fhaidhir, agus b' e
sin an sealladh gun a leithid—shaoileadh tu gu
'n robh an saoghal uile cruinn air an aon fhaiche,
gun ghuth air gach riomhaidh eile 'bh' ann. Bha
bùithean an sin anns am faighteadh an deoch a b'
fheàrr, agus na fìdhlean a' cluich a chur spreigidh
anns an caileagan agus anns an gillean òga; ach
chuir mi romham nach gabhainn gnothach riu gus
am faighinn saor 's a' bhéist mhosach a bha air

mo chùram; uime sin dh' iomain mi stigh i gu
teismeadhoin na faidhreach. Ach, a mhic chridhe,
mar a bha sinn a' dol seachad air dorus aon de
na bùithean, shéid piobaire air chor-eigin suas
port-dannsaidh, agus m' an abradh tu "Deis-dé"
bha 'h-earball a suas agus thug i an roid sin aisde
a dh-ionnsaidh a' bhùth.

"O, mort 'us marbhadh !" arsa mise ris na bha
m' an cuairt, "cumaibh oirre, cumaibh oirre—
dh' ith i aona phiobaire an diugh cheana, agus an
droch bhàs oirre tha i air son fear eile bhi aice."

"An e gu 'n d' ith mart piobaire ?" arsa fear
dhiubh.

"Gun fhacal bréige, dh' ith, arsa mise, "oir
chunna mi fhéin a chorp 's gun mhìr a làthair
dheth ach an dà chois; cha 'n 'eil ann ach amaid-
eachd dhuinn a bhi strì ris a' ghnothach a cheilt-
inn; tha mi faicinn nach gabh i cur bho 'n
chleachdainn—mar is daor tha fhios aig Pàra
piobaire bochd—mo bheannachd as a dhéigh !"

"Co tha 'n sin a' luaidh air m' ainm-sa !"
ghlaodh fear-eigin làmh rium; agus, an uair a
thionndaidh mi m' an cuairt, co bh' ann, a réir
coltais, ach Pàra piobaire e fhéin.

"Beiribh air-san cuideachd," arsa mise, "cum-
aibh uam e, oir cha 'n e fhéin a th' ann idir, ach
a thannas; chaidh a mhort an diugh 's a' mhad-
ainn, do m' dhearbh fhiosrachadh féin, 's cha d'
fhàgadh òirleach dheth ach a chasan."

An uair a chuala Pàraig sin—oir is e fhéin a
bh' ann, mar fhuair sinn a mach a rithist—cha
mhór nach do sgàin e a' gàireachdaich; agus an
uair a lasaich air, thòisich e agus dh' innis e
dhuinn gach car, mar 'dh' innis mise nis; agus
na 'n cluinneadh tusa 'n fhochaid a bha 'n sin

ormsa, air son bhi cur air a' bhò bhochd gu 'n
d' ith i am piobaire. Chaidh sinn a stigh do 'n
bhùth 's dh' òl sinn fad-shaoghal do Phàraig
's do 'n mhart; chluich Pàraig an latha sin air
dhòigh a thur bàrr air na chluich e riabh; agus
is iomadh aon a thuirt nach cualas a leithid
riabh roimhe no 'n a dhéigh. Chaidh am mart
neo-chiontach, bochd 'iomain dachaidh a rithist,
agus is iomadh latha math a bha aice féin agus
againne 'n a dhéigh.—Cha di-chuimhnich mi gu
brath mu 'n mhart a dh' ith am piobaire?

Eadar. le I. O. B.

LITIR A CEANN-AN-TUILM *
DO DH-IAIN BAN ÒG.

IAIN, A LAOCHAIN.—Chuala tu an sean-fhacal
"Is obair latha tòiseachadh," agus mar so cha bhi
mi cur seachad ùine ann an goileam air bheag
seadh, ach bheir mi dhuit mo sgeul gun roimh-
ràdh air bith. Cha 'n ann an diugh no 'n dé a
chuala mi gur ioma rud a chì an duine a bhios
fada beò, agus ged nach 'eil mi féin idir am
sheana bhodach gun dhéud gun ghruag, chunnaic
mi rud no dhà ann am latha nach robh sùil
agam ri fhaicinn. Cha b' ann a' bruidhinn air
thuaiream a bha Donnachadh Theàrlaich 'n uair
thuirt e "Is mòr a chì duine mu 'n téid e air a
chuthach;" 's mur bhith gu'n robh mo chiall féin
air a dheadh stéidheachadh, chunnaic 'us chuala
mi rud no dhà air a' bhliadhna so a bheireadh
bhuam e. Tha fhios agam gu maith gu 'm bi
iongantas ort a chluinntinn ciod e an nì ùr no

---

* These letters appeared in the *Highlander* newspaper;
Iain Ban Og is the *I. O. B.* of the preceeding pages.

annasach a chaidh eadar mi agus mo chadal an
dràsd. Tha 'r leam gu 'n cluinn mi thu 'g ràdh
"Theagamh gu 'n deachaidh 'Fionn' a' thaghadh
leis an sgìreachd mar h-aon do 'n chòmhlan tha
ri amharc as déigh nan sgoilean." Moire 's mi
nach deachaidh, cha robh iarraidh agam air!
Cha 'n e nach 'eil mi theagamh cho math ri cuid
de na chaidh a thaghadh. Ged nach 'eil mo cho
làn sgoil ris an fheadhainn a chaidh a thaghadh
cha 'n abair mi nach 'eil barrachd toinisg agus
tùr agam, agus tha iad na 'n aite féin a cheart
cho feumail ri sgoil agus Beurla-mhor. Is fada
o'n a thuirt an sean-fhacal "Cha 'n i 'n ro-
sgoilearachd a's feàrr," 's mur 'eil fhios agam cia
meud cànain a th'anns an t-saoghal tha fhios agam
cia meud latha th' anns an Iuchair-shamhraidh,
agus tha so ni's feumaile dhòmh-sa no ged a rachadh
agam air gach cànain dhiu 'labhairt gu fileannta.
Ach cha 'n e so 'tha cur dorrain orm aig an àm
so ach rud cho gòrach, amaideach 's a chuala tu
riabh. Ciod th'agad air no dheth ach gu bheil
iad an déigh buidhean de *Volunteers* a chur air
chois anns an sgìreachd so. Cha 'n eil fhios
agamsa a bheil gnothach aig an ni so ri ana-
creidmheach mor a bha 's an Fhraing aig aon
àm air an cuala mi 'm ministeir-mór a' bruidhinn :
ma 's math mo bheachd 's e *Voltaire* a b' ainm
dha. Ach biodh sin mar a thogras e cha 'n e
aon duine math a chuir na *Volunteers* do 'n
sgìreachd so. Nis cha 'n 'eil duine eadar Maol-
Chintìre agus an Rudha-garbh a's dìlse do 'n
Chrùn na mise, ach air a shon so uile cha 'n 'eil
mi 'faicinn ciod air an t-saoghal am feum a
th' anns an arm-fhuasgailte so. Mo chreach 's mo
sgaradh! Is truagh leam-sa a' Bhàn-righ 'n uair

a dh' fheumas i i-féin earbsa ris na cuiridhean-
teallaich so. Na 'm faiceadh tu féin na gaisgich
so ! Cha robh an leitheid riabh an Sgairinis
ged is ioma càineadh agus di-moladh a chaidh a
dheanamh air na laoich a bha sin—'s iad na
" cearcan-mara " a bh' aig a' Bhard Mac Ille-
Sheathanaich orra—

> " Cha 'n 'eil iad òrdail
> 'S cha ghluais iad còmhla,
> 'S cha 'n 'eil iad bòidheach,
>   Aon dòigh ga 'n gabhar iad."

Thachair a cheart leithid do shaighdearan na
sgìreachd so. Is fhada on a chuala mi an t-seann
riaghailt Ghàidhealach, "Leathan ri leathan 'us
caol ri caol ; " ach Moire cha 'n ann mar sin a
chaidh na laoich so a chur an òrdugh. Gheobh
thu fear beag màganach coltach ri stòp leth-
bhodaich, agus an sin fear slim fad-chasach cho
àrd ri crann giubhais 's cho caol ri snathaid-mhoir.
Fear cho maoth ri puinneig sheileach 's cho dìreach
ri saighead, 's fear eile ri ghualainn cho cruaidh
croganach ri seann racan daraich. Fhuair iad
Ceannard a h-uile ceum a Sasunn ga 'n teagasg
—duine glas-neulach odhar le " casan fhada caola
'us corp goirid fann." Mur 'eil mo chluasan ga
m' mhealladh 's e *Captain Attchew* a their e ris
féin, or cha 'n 'eil duine 's an sgìreachd a gheobh
a theanga ma 'ainm 'S e 'n dòigh air an dlùithe
thig thu air, snaoinsean a ghabhail, agus 'n uair
thig sreobhart ort their thu ainm an laoich so gun
taing dhuit—"*Attchew*." Tha Beurla an duine
so cho Sasunnach, agus labhraidh e i cho luath 's
gu'n robh e cho math dhuit feuchainn ri coileach
Frangach an tigh-mhòir a thuigsinn, agus 's e

thàinig as a' ghnothach gu 'n deachaidh fios a chur
air Dòmhnull Saighdear mar eadar-theangair.
Tha beachd agad air Dòmhnull : ma chreideas
tu e féin cha robh cath bho Chulodair gus a so
nach robh e na theis-meadhon—a' buidhinn cliù
dha féin agus da dùthaich—gu sonraichte dha
fein ; ach a dh' ìnnseadh na fìrinn duit cha robh
Dòmhnull riabh 'an cath a bu mhiosa na 'n uair
a leum e féin agus Seumas Mòr air a' chéile ann
an Tigh-a'-Chaolais; agus air son e bhi 's an arm,
bha e mios anns an Fhreacadan-dubh, ach
theich e, 's bha cho beag meas ac' air 's nach
b' fhiach leò cur air a shon, ged a bha e ga fholach
féin fad mios fo'n leaba an déigh dha tighinn
dachaidh, air eagal 's gu 'n tigeadh iad air a
thòir. Ma's math mo bheachd 's e *dissenter* no
deserter 'thuirt am Maighsteir sgoil ris 'n uair a
thàinig è air ais. Ach coma leat so, ghabh
Dòmhnull-Saighdear as laimh na gaisgich so a
chur roimh 'n teagasg, agus théid mise 'n urras
nach leth-obair a th'aige 's an nì so. B' fhiach
dhuit dol astar math à d' rathad ga fhaicinn 's
ga chluinntinn ga 'n cur an òrdugh 's ga 'n
teagasg. Tha 'cheann cho àrd 's ged a b'e
Tighearna Chluaidh, agus lùb air an comhair a
chùil leis cho dìreach 's a tha e. So agad mar
tha e dol an ceann a' ghnothaich. "Nis fhearaibh,"
their esan, " 'n uair a their mise *Halt*, stadaidh
sibhse. 'N uair their mise *Stand at ease*, leigidh
sibhse 'ar n-anail. 'S 'n uair a their mi *Right
about face*, théid sibhse cùl-air-bheulaobh."
Cha 'n 'eil mise faicinn ciod air an t-saoghal
am feum a tha 's an obair so, a toirt dhaoin' òga
air falbh o'n obair agus a lìonadh an cinn làn
amaideachd. Dh' fhalbh an latha anns am

feumar cliù ar dùthcha 'chumail suas le neart a'
chlaidheimh. Ma tha na h-òganaich deònach air
cliù a bhuidhinn dhaibh féin agus urram an
dùthcha a chumail a suas, faodaidh iad so a
dheanamh ann an dòigh no dhà. Seasadh iad
dìleas air son na fìrinn ; gluaiseadh iad gu
modhail, stuama ; ionnsaicheadh iad an cànain
féin a leughadh agus a sgrìobhadh : biodh iad
duineil misneachail air taobh a' Cheartais ; agus
seachnadh iad gach nì a bheireadh orra claonadh
a slighe na fìrinn agus na stuamachd—a dh' aon
fhacal gabhadh iad mar am facal-suaicheantais,
"Mo Dhia agus mo Dhùthaich," agus ma bhios
iad fìrinneach d' an suaicheantas, cha 'n fhaighear
iad ann an droch still, ach bithidh iad 'n an cliù
dhaibh féin agus na'n onair da 'n dùthaich. Cha
'n urrainn domh ni's feàrr a dheanamh aig an àm
so no na rannan a leanas a thoirt duit :—

'S BEAG IS MO LEAMSA CIOD A THEIR IAD.

LEIS AN LIGHICHE MAC LACHAINN NACH MAIREANN.

Tha triallairean Albainn ri aimhreit an dràsd',
   Ach 's beag is mò leam-sa ciod a their iad;
A' siubhal gach dùthcha, 'g an dùsgadh gu feargꓸ
   Ach 's beag is mò leam-sa ciod a their iad:
Fadadh-cruaidh air an gruaidh suas anns na
     crannagan,
   Sùil chlaon air gach taobh 'glaodhaich gu
     farumach,
Mur aontaich sibh leinne bidh sibh sgriosta
     gun dàil.
   Ach 's beag is mò leam-sa ciod a their iad.

Aig an Athair tha brath air an aidmheil a's feàrr,
   Ged is beag is mò leam-sa ciod a their iad;
Co 'n t-aon a tha ceart, no có e 'tha ceàrr,—
   Ged is beag is mò leam-sa ciad a their iad;
'S ann their luchd aidmheil ri 'chéile, "Cha'n'eil
     stéidh ann ad theagasg,—
   Tha sgriobtur 's a' Bhìobull, ag ìnnseadh gun
     teagamh,
Gur mise 'tha ceart, agus thusa 'tha ceàrr;"
   Ach 's beag is mò leam-sa ciod a their iad.

'S e m' athchuing 's a' mhaduinn air Athair nan
     gràs,—
   Ged is beag is mò leam-sa ciod a their iad,—
E chumail mo chridhe gun smal air gu bràth,
   Ged is beag is mò leam-sa ciod a their iad,—
Le seirc 'us truas, iochd do 'n t-sluagh, 's a bhi
     gun uaill spioradail,
   Dùilean breòit' a tha fo leòn fheòraich 'an
     trioblaid,
Ged theireadh gach fear dhiubh gu'n robh mi gun
     ghràs,
   Gur beag is mò leam-sa ciod a their iad.

Leig fios dhuinn gu goirid ciamar a tha dol duit.
Tha sin uile beò slàn, gun dìth gun deireas.—Is
mi do charaid dìleas,   Fionn.

LITIR A CEANN-AN-TUILM.

Fhir mo Chridhe,—Ged tha mi cur dragh ort
gu tric tha fhios agam nach bi thu 'n gruaim rium
aig an am so 'n uair dh' ìnnseas mi dhuit gur e
mo leisgeul, gàire a thoirt dhuit air òran éibhinn
a sgriobh am Buachaille Bàn. So agad mar a

thachair an gnothach. Co 'thuit tighinn an rathad air feasgar Dimàirt so chaidh ach Aonghas Og, Bràighe-'bhaile, agus shuidh e féin agus mise fad an fheasgair anns an t-sabhul a' còmhradh ri 'chéile. Am measg rudan eile air an d' rinn sinn aithris thug sin tarruing air a bhàrdachd—tha Aonghas cho làn bàrdachd 's a tha 'n t-ubh de 'n bhiadh—agus thuit dhuinn bruidhinn gu sòn-raichte air duanagan agus òrain an Eirionnaich mhòir sin *Thomas Moore*,—an aon bhàrdachd a's mine 's a's gaolaiche a leugh duine riamh. "'Saoil, thu," thuirt mi féin ri Aonghas, "nach gabh rian Gàidhealach cur air cuid dhiu?" "Cha 'n 'eil teagamh nach gabh," fhreagair Aonghas. "So agad ma-ta," thuirt mise, "duanag bheag, bhiòdh-each, agus feuchaidh sinn 'de ghabhas deanamh rithe 's 'mur dean sinn spàin cha mhill sinn adharc,' oir fàgaidh sinn an duanag mar a fhuair sinn i, 's cha bhi fios aig duine beò gu 'n d' fheuch sinn ri spain a dheanamh."

THE MINSTREL BOY.

The minstrel boy to the war is gone,
   In the ranks of death you'll find him;
His father's sword he has girded on,
   And his wild harp slung behind him.
"Land of song!" said the warrior bard,
   "Though all the world betrays thee,
One sword at least thy rights shall guard,
   One faithful harp shall praise thee!"

The Minstrel fell!—but the foeman's chain
   Could not bring his proud soul under:
The harp he lov'd ne'er spoke again
   For he tore its chords asunder;

And said, "No chains shall sully thee,
  Thou soul of love and bravery!
Thy songs were made for the pure and free,
  They shall never sound in slavery!"

So agad an oidhirp a rinn sinn air rian Gàidh-
ealach a chur air an duanaig laghach so.

AN GILLE CLARSAIR.

Chaidh 'n Gille-clàrsair dh' ionnsaidh bhlàir,
  'S gu dàn do theas na tuasaid ;
Tha claidheamh athar aig' 'na làimh,
  'S a chlàrsach thar a ghualainn.
"A thìr nam Bàrd!" 's e thuirt an sàr,
  "Ged 'bhrathas càch 's an uair thu,
Aon lann bidh dìleas dhuit gu bràth,
  'S aon chlàrsach bidh a' luaidh ort!"

Ged 'thuit an Clàrsair, 'chaoidh do nàmh
  A spiorad àrd cha ghéilleadh :
A chlàrsach dh' fhàg e balbh gu bràth
  Oir gheàrr e aisd' na teudan,
Ag ràdh, "Cha deanar ortsa tàir,
  O, anaim graidh 'us sàorsa!
'S ann measg nan treun bha cèol do theud,
  'S co ghleusadh thu an daorsa!"

An uair a bha mi féin agus Aonghas a' cur na
duanaig so air diògh bha 'm Buachaille Bàn am
mach 's a stigh do 'n t-sabhull—cho luaineach ri
cearc ag iarraidh nid—ach cha robh sinne am
beachd gu 'n robh e 'gabhail suim air bith de na
bha sinn ag ràdh no deanamh ; ach Moire 's e
bha !
An uair thog Aonghas air a dh' fhalbh chaidh
mi féin ceum an rathad leis, 's a dol seachad air

tigh-nan-gamhna thuirt esan "Ciod air an talamh
mhór an sgriobhadh a th' agad air an dorus so?"
An uair sheall mi féin bha 'n dorus air a chùir-
neachadh o 'mhullach gu 'iochdar, le bàrdachd
sgriobhte leis a' chailc uaine a bh' againn a'
comharrachadh nan caorach seasg. Ciod a bha
'n so ach obair a' Bhuachaille Bhàin! An uair
a leugh mi féin agus Aonghas na rannan cha
mhor nach do laidh sinn leis a' ghàireachdaich.
Bha am Buachaille Bàn a' magadh air gach fuaim
agus facal a bh' againn ann an duanag a' Ghille-
chlàrsair, mar a chì thu. Sgriobh Aonghas Og
rannan a' Bhuachaille Bhàin na leabhar-pòca
's tha iad aige cho curamach ri litir o 'leannan.
So agad mata facal air an fhacal mar a bh' air
dorus tigh-nam-gamhna.

GILLE 'N TAILLEIR.

Chaidh gille 'n tàileir moch Dimàirt,
 Do gharàdh-càil an Tuairneir;
Bha bioran-tomhais aig' na làimh,
 'Us gràpadh thar a ghualainn.
"A thìr a chàil!" 's e thuirt Iain Bàn,
 "Ged theireadh càch gur fuar thu,
Tha mise 'g ràdh gu 'n cinn an càl
 Cho àrd ri cas na sluasaid!"

Ged 'chuir Iain Bàn an gàrad h-càil
 Cha d'thug iad dha na gheall iad,
'S gun tuille dàlach spion e 'n càl,
 Gach bun 'us bàr, 's b' e 'n call e,—
Ag ràdh, "Cha deanar ormsa tàir
 Le bodach grànnda, braoisgeach,
A chaill a dheud ag innseadh bhreug,
 'S a ghoideadh treud de chaoirich."

Is e mo bheachd gu 'n abair thu gu 'n d' rinn
am Buachailie Bàn gu treun 's gu 'bheil a
ranntachd pailte cho Gàidhealach agus 'h-uile
buille cho mìn ris an oidheirp a rinn Aonghas
Og agus mise. An uair 'dhealaich mi ri Aonghas
aig Bealach-a'-choin-ghlais shìn e air na n-òrain
mar is gnàth leis, 's cha 'n 'eil teagamh nach e 'm
Buachaille Bàn a bha na aire 'n uair thog e 'm
fonn so,—
"Tha ho-ro mo phropanach, mo ghille maol,
C'àite 'm faigh mi bean dhuit air an gabh thu gaol?
Tha ho-ro mo phropanach, mo ghille maol ! "

Tha sinn uile beo, slan. "An latha chi 's
nach faic," is mi do charaid dìleas.

FIONN.

Ceann-an-tuilm,
An fhéill Breanainn, 1879.

LITIR DO DH-IAIN BAN OG.

IAIN, A LAOCHAIN,—Cha 'n 'eil iongantas
ormsa mo chluasan a bhi teth oir 's mi tha
cinnteach gur tric tha thu ga m' chàineadh, 's
cha 'n abair mi gu bheil thu a' deanamh sin aig
an am so gun aobhar math agad air a shon. An
deigh a h-uile rud a th' ann chi thu nach ann
agamsa uile gu léir a tha choire—mar tha 'n
sean-fhacal ag radh, "Chad 'n 'eil an Donas fein
cho dubh 's a nithear e." Tha'r leam gu bheil
mi ga d' chluinntinn ag radh "Cha robh FIONN
riamh gun a leisgeul." So, so, fhir mo chridhe,
leig dhiot do ghruaim, thoir dhomh "cothrom
na Féinne," agus éisd ri m' sgeul.

Tha fhios 'gu bheil cuimhne agad gu 'n do
gheall mi fios a thoirt dhuit air cia-mar a fhuair
sinn seachad a' bhuain, cho math ri òran no dhà
a rachadh a sheinn aig an "deire-bhuana."
Innsidh mi nis dhuit ciod a dh' éirich do 'n litir
sin, oir chaidh a sgrìobhadh, agus ged is mi féin
a tha ga ràdh, air m' fhacal bha i snashmhor, 's
bha na h-orain a bh' innte cho milis, fhonnar, 's
a' chuala do dhà chluais riamh. Bha an litir
agam dùinte, céirte, agus i cho reamhar, gharbh
's ged a bhiodh bonnach eòrna na bromn, oir a
dh-innseadh na firinn duit bha mi cur na
"maighdean-bhuana" ad ionnsaidh anns an
litir sin. Co thuit tighinn an rathad 'n uair a
bha do litir deas ach Alasdair an Tom Uaine, le
dheise ùr chlòidh agus a bhreacan riomhach thar
a ghualain, agus e air a rathad gu Faidhir a'
Chàrnain. "Co dha tha 'n litir mhor reamhar
so?" arsa Alasdair, 's e togail do litir na laimh.
"Do dh-Iain Ban Og," arsa mise, "agus o'n a
bhios tu dol rathad na Ceàrdaich faodaidh tu a
sìneadh dha anns an dol seachad" " Ni mise
sìn gu toileach," ursa Alasdair, agus chuir e 'n
itir na phòc-achlais; dh' fhàg e beannachd,
agam, agus dh' fhalbh e air a rathad gu iollagach
aotrom. Leis gu 'n robh làn earbsa agam ann
am Fear an Tom Uaine mar dhuine grunndail,
bha a' h-uile sùill agam gu 'm biodh mo litir agad
an oidhché sin, oir bha Alasdair 's a' bharail
gu 'm biodh e aig Lag-na-Ceàrdaich mu chiaradh
an fheasgair. Agus bho 'n latha sin gus a so
bha ioghnadh orm nach robh mi a' cluinntinn
uait agus is ann a bha eagal orm gu 'n d' thug
thu do cheann fodha gu buileach. Ach tha
sgeul fada air do litir. Ciod a th' agad air ach

gu 'n do chuir Alasdair seachad tuille 's a chòir
de dh' ùine ann an Tigh-a'-Chuain, oir shuidh e
féin agus Fear-an-Eilein còrr 'us uair gu leith ag
urachadh seann eòlais agus

"Ag òl air a' cheile,
   Air sgàth na dh' eug 's na tha beò,"

agus bha e anmoch m' an d' ràinig e Lag-na-
Ceàrdaich, agus bha dorus na Ceàrdaich dùinte
's cha d' fhuair e do litir a liubhairt. Sheas e an
fhéill air an ath latha agus ghabh e am frith-
rathad thar a' mhonaidh a dhol dhachaidh 's cha
robh guth no cuimhn' air do litir. Tuigidh tu
féin nach e h-uile latha chuireas Alasdair a suas
am breacan rìomhach, 's air dha éirigh an ath
mhaduinn agus a dheise chaithidh a chur air,
phaisg e seachad an deise ùr gus an ath latha
mòr a thigeadh. B' e 'n ath latha mòr a thàinig
latha na bainnse aig Cailein Fiadhaich an t-seann
sgalag a bh' aig Alasdair, agus bha e dèonach
urram a thoirt do 'n chàraid leis an deise ùr a
chur air aig a' bhanais. Ciod a th' agad air no
dheth ach 'n uair a bha Alasdair a' cur air a
chòta gu 'n do mhothaich e dùmhaladas ann am
pòc'-achlais a' chòta agus ciod a bha so ach an
litir a chuir mi leis an latha roimh Fhaidhir a'
Chàrnain agus a gheall e 'liubhairt dhuitse air
an fheasgar sin! Cha mhor nach do thuit Alas-
dair bochd leis an nàire 's leis an tàmailt. Thog
e air 's cha robh umhail aige de fhéisd no do
bhanais, 's thàinig e 'n deanna nam bonn a dh-
ionnsaidh a' bhaile so. 'N uair a chunnaic sinn
e 'dlùthachadh ris a' bhaile, 's e 'n a fhuil 's na
fhallas, shaoil leinn gur ann a thachair sgiorradh
éigin 's am Tom Uaine. Thàinig e stigh 's dh'

innis e a sgeul mar a dh' aithris mise dhuit e 's bha urrad nàire air 's ged a bhiodh e air beul-thaobh a' mhinisteir a' faodainn a' chiad leanabh a bhaisteadh.

Sin agad a nis mar thachair do d' litir ; ach air na chunnaic thu riamh na fosgail do bheul mu'n chùis ri Alasdair, air neo cha tig e gu bràth a chòir an tighe so. Is aithne dhuit an sean-fhacal, "Tuigidh gach cù a chionta."

Bha toil agam a nis fios a' thoirt dhuit mu "chéilidh" a bh' againn an so an oidhche roimhe, ach tha 'n crùisgein a' dal as a dhìth ùillidh, agus feumaidh mi mo leaba a thoirt orm, no 's ann 's an dorcha bhios mi dol a laidhe. Sgrìobhaidh mi mu 'n "chéilidh" cho luath 's a gheobh sinn ùillidh. An dòchas gu bheil thu beò, slàn, is mi do charaid dìleas

FIONN.

Ceann-an-tuilm,
Oidhche Nollaig, 1878.

LITIR A CEANN-AN-TUILM

DO'N " ARD-ALBANNACH."

FHIR MO CHRIDHE,—Mo bhannag ort ! Gu'm bu fada beò thu fèin 's na bhuineas dhuit. Tha mi cinnteach nach leig thu sròin a stigh air do dhorus a nochd gus an aithris am fear da 'm buin i Rann Callainne. 'S mise am fear nach iarr ort an crann a thoirt bhàrr do dhoruis gus an aithris mi mo Rann mar bu nòs. So agad i ma ta—

" Eirich a suas, a bhean òg,
    A bhean chòir a choisinn cliù ;
    Bi gu banail mar bu dual
    'S aisig nuas a' Challainn ùr.
            A Challainn so !
    'N càis' aig bheil an aghaidh réidh,
    'S cuid de 'n im nach do bheum sùil ;
    'S mur 'eil dad dheth sin ad chòir
    Fóghnaidh aran 'us feòil ùr.
            A Challainn so !' "

Nach tu a chaill do thuigse 's do mhothachadh
gu buileach 'n uair a chuir thu an litir mu
dheireadh a sgriobh mi do dh-Iain Ban Og, anns
an *Ard-Albannach*. Tha Alasdair an Tom-
Uaine an " rùn na biodaig " dhuinn uile air son
mar a chraobh-sgaoil sinn an dichuimhn' a rinn
e air litir Iain. Tha e air a nàrachadh beò, agus
cha 'n 'eil e idir buidheach dhiot-sa air son
mar a rinn thu. Comadh leat e ; thig e bhuaith
so fhathasd agus bithidh e gu laghach. Faod-
aidh tu an litir a tha mi a' cur an cois na té so
do dh-Iain Bàn Og a sparradh ri dorus na Ceàrd-
aich ma thogras tu, oir cha 'n 'eil nì innte a bheir
oilbheum do neach air bith ; tha i cho neo-
lochdach ri cungaidh-leigheis an Doctair Chaim
—" mur dean i math cha dean i cron."

Feumaidh mi litir fhada, réidh a chur ad
ionnsaidh gu goirid oir tha mòran nithean agam
ri innse dhuit. Tha an sean-fhacal ag ràdh—
" Cuiridh am fear a bhios na thàmh an cat 's an
teine," ach mur tachair dochunn do na cait
againne gus am bi mise am *thàmh* bithidh an
laithean fada, 's bithidh iad beò cho fad' 's is
leur dhaibh beothach no duine.

P

A dhuine, dhuine, nach tu a thilg clach air mo chaisteal-sa! An tug thu cùl rinn gu buileach? Cha 'n fhacas an so thu o chionn linn. Is e mo bheachd na'm faiceadh muinntir a' bhaile so thu a tighinn a nuas Bealach-an-Fhuarain gu'n togadh iad iolach a' dhùisgeadh Mac-talla, ged a tha e fuar, reòdhta anns na creagan. "An latha 'chì 's nach faic," is mi do charaid dìleas

Ceann-an-tuilm, FIONN.

Oidhche na Callainne, 1878.

CEILIDH.

LITIR DO DII-IAIN BAN OG.

"Throd mo bhean 's gu'n do throid i rium,
    Ghabh i miothlachd agus diumb;
'S chionn nach b' àbhaist dhi trod rium,
    Throd mi rì, mar a throid i rium.

IAIN, A LAOCHAIN,—Gabh mo chomhairle agus cum air taobh an fhuaraidh de na mnathan; cha 'n 'eil iad cneasda. Cha'n ann an diugh no'n dé a fhuaradh so a mach. Is e mo bheachd féin nach ann de na b' fheàrr' a' cheud té; agus, bho sin gus a so, fhuair iad droch ainm, agus tha e brath leantainn riu. Tha beachd agad mar tha 'n sean-fhacal ag ràdh "Far am bi bó bidh bean, agus far am bi bean bidh mallachadh," agus fear eile,—"A thoil féin do gach duine agus an toil uile do na mnathan." An déigh a' h-uile rud a th' ann cha 'n 'eil mi 'g ràdh nach 'eil na mnathan mar tha buntàta nan coimh-carsnach—math 'us olc.

Cha 'n 'eil teagamh nach 'eil iongantas ort ciod a thàinig eadar mi féin 'us Màiri 'n uair a

tha mi a' leigeil ruith do m' theanga air an dòigh
so mu na mnathan. 'S beag sin, fhir mo
chridhe, ach cluinnidh tu gun mhòran maille, oir
so Màiri 'tighinn agus bheir mi dhuit a sgeul na
facail féin, oir gheall mi innseadh dhi an uair
a bhithinn a' sgriobhadh ad ionnsaidh a chionn
's gu'n robh toil aice guth beag a ràdh riut.
Tha i nis aig mo ghualainn agus feumaidh mi
gach facal a chur a sios mar dh'iarras ise, air
neo cuiridh i teas anns na clusan agam. Tha i
ag ràdh—"Their thu ris a' ghille chòir, ma bha
an crùisgein a' dol as a dhìth ùillidh 'n uair a
bha thu a' criochnachadh na litreach mu
dheireadh, nach ann a chionn 's nach robh gu
leòir a dh-ùillidh a stigh; ach a chionn 's gu'n
robh thusa tuilleadh 's leisg a dhol air son a'
phige, no nach leigeadh an spòrs leat do làmh a
shalachadh." Tha i air falbh a nis leis an làn a
bha 'n a sgiathan, 's faodaidh mi nis an ni thog-
ras mi ràdh. Cha 'n abair mise a bheag tuille
mu ghainne an ùillidh. Tha 'n crùisgein làn an
nochd, agus tha am "Buachaille Bàn" agam ga
bhrosnachadh, 's cha 'n fhaod e bhith nach dean
mi litir mhor, fhada, réidh, a chur an òrdugh;
ach 's fada o'n a chuala mi nach e "gogadh nan
ceann a ni 'n t-iomram." Is ann againn féin tha 'n
crùisgein air an fhiach a bhi 'labhairt! So
agad rann no dhà a th'aig a' Bhuachaille Bhàn
ga 'n aithris—

    Tha crùisgein, tha crùisgein,
      Tha crùisgein aig Màiri;
    Tha crùisgein 's an dùthaich
      A tha mi 'n dùil a phàigheas.

Tha gob air a chùlthaobh,
   'S fear ùr air a bheulthaobh,
'Us lasaidh e gun ùillidh,
   Le sùgh a' bhuntàta.

Chaidh mi feadh na dùthcha
   A' sgrùdadh mo chàirdean,
Fhuair mi cuinneag ùillidh
   'S cha chùirnicheadh e 'mhàs dhomh."

Nach e mo laochan am Buachaille Bàn, 's nach foghainteach an crùisgein a th' againn 'an Ceann-an-tuilm.

Ach cha 'n fhaod mi 'bhi cur seachad ùine le goileam gun seadh, oir tha mòran agam ri innseadh agus is tric a chuala mi mo mhàthair ag ràdh, "Cha dean corag mhilis im, 's cha dean 'glucam-oirre' càise."

Gheall mi sgeul goirid dhuit air a "chéilidh" a bh' againn 's an tigh so 'o chionn ghoirid. B'e chiad fhear a thàinig oirnn Mac Aoidh o Cùl-na-coille agus, aig a shàil bha Pàraig na Seann-Làrach agus Aonghas a Bràighe Bhaile, Domhnull Art, Teàrlach Og, agus h-aon no dha eile nach aithne dhuit. Chuir sinn Màiri bheag a mach a dh'iarraidh Sheumais Mhóir 's a dhà nighinn, agus chaidh Iain Alasdair do na tighean-gu-h-àrd a dh'iarraidh nigheanan na Bantraich. 'N uair a bha 'n còmhlan cruinn dh'iarr mi féin air Dòmhnull Art duanag a thoirt dhuinn, agus mar d' fhuair sinn sin; oir cha 'n 'eil iad ann a bheir bàrr air Dòmhnull ann an seinn nan òran. Thug e dhuinn—

ORAN GAOIL.

AIR FONN.—"*Ho ro, cha bhi mi ga d' chaoidh.*"

'Raoir chunna' mi 'm aisling bhi 'n caidreamh
    mo ghràidh
'S 'n uair dhùisg mi 's a' mhaduinn bha m' aigne-
    fo chràdh
Mi 'm shìneadh na m' leabaidh 's mi fada bho'n
    àit'
'Bheil cailin nam meal-shùilean tairis, a' tàmh

Mo ghaol-s' air an nìoghnaig tha fìnealta cìùin,
Mo ghràdh-s' air an rìbhinn a's sìbhealta gnùis
Gur bòidhche leam sealladh cìùin, tairis, a sùl
Na'n driùchd anns a' ghleannan air bharraibh
    nam flùr.

'S tric bha mi 's mo leannan 'an gleannan an
    t-sléibh
'S a' mhìn mhaduinn chiùin 'us an driùchd air
    an fheur,
Geal-ghrian na mòrachd ag òradh nan speur,
'Sinn ag éisdeachd nan smeòrach ri ceòl am bàrr
    gheug.

Fhir a shiùbhlas am màireach air bàta 'n Taobh-
    Tuath,
Giùlain le cùram an dùrachd so bhuam ;
A dh-ionnsaidh na cailin tha ceanalta suairc',
Tha sìbhealta, càirdeil, gun àrdan gun uaill.

Seinnidh tu m' ealaidh do bhean nan sùil tlàth
('S ann air Dùn-scalgair tha 'n ainnir a tàmh) ;
Seinn i 's a ghleannan 'm bi 'n lili a fàs
'Us tuigidh mo leannan co dh-aithris an dàn.

Chòrd an t-òran so gu ro-mhath ris a' chuid-
eachd agus fhuair sin an ath fhear o Mhàiri
Bheag, a sheinn gu binn, bòidheach, an t-òran so
air a bheil thu gle eòlach—*

Ged tha mi gun chrodh gun aighean,
Gun chrodh-laoigh, gun chaoirich agam ;
Ged tha mi gun chrodh gun aighean
'Geobh mi fhathast òigear grinn.

Fhir a dh'-imicheas troimh 'n bhealach
Giùlain bhuam-sa mìle beannachd,
'S faodaidh tu innseadh do mo leannan
Mi bhi 'm laidhe 'n so leam féin.

Fad na h-ùine bha Màiri a' seinn an òrain
bhòidhich sin bha mo laochan am Buachaille
Bàn na chrùban thall ann an cùil-na-mòna agus
cha luaith a sguir Màiri na chualas e a'
réiteachadh a mhuineil agus a' tòiseachadh mar
gu 'm biodh e ag ailis oirre ann an guth trom,
tùchanach—

"Ged tha mi "—

"Sguir, a gharraich !" arsa mise, "Moire 's fàs
a' choill as nach goirear !' Gu 'm biodh an
aghaidh agadsa feuchainn ri òran a sheinn ! agus
gu seachd sònraichte gu 'n togadh tu do ribheid
reasgach an déigh mo Mhàiri bheag laghach."
Coma co dhiubh ghlaòdh a' chuideachd gu léir,
"Oran bho 'n Bhuachaille Bhàn," agus cha robh
feum cur na 'n aghaidh. An taice an òrain
chaidh am Buachaille mar so—

---

* See page 113.

Ged tha mi gun bhreac gun sgadan,
Gun mhac-làthaich gun chnùdan agam :
Ged tha mi gun bhreac gun sgadan,
     Gheobh mi fhathast bodach ruadh.

Fhir a dh' imicheas do 'n ghealaich,
Feuch gu 'n till thu ruinn gu h-ealamh ;
'S feuch gu 'n inns' thu do na balaich,
     Sgadan salach bhi 's a' chuan.

'N uair a' chaidh sinn thun a' chnùdain,
Rìgh gur mise nach robh sùrdail ;
Bha na mùsgan ann am shùilean ;
     Chaidh mo dhùsgadh tuilleadh 's luath.

'N uair a ruig sinn Sgeir-nan-crùban,
Bha mi 'm shìneadh air a h-ùrlar
Anns an taoinn am measg nam mùsgan
     Agus mùrlach fo mo chluais.

Ged tha mi gun slat, gun mhaorach,
Cha 'n 'eil mi gun ràmh gun taoman ;
Gheobh mi slat 's a' Choille-chaorainn,
     Agus maorach taobh nan stuadh.

Ged tha mi air bheagan beairteis,
Gheobh thu bhuam-sa 'h-uile ceartas ;
Pailteas ghròiseidean 'us dhearcan,
     Uibhean chearc, 's buntàta fuar."

Cha mhòr nach do laidh sinn a' gàireachdaich
air òran a' Bhuachaille Bhàin.

Thug an sin Mac-Aoidh sgeulachd duinn, rud
a rinn e gu deas-bhriathrach, àluinn mar 's
math is aithne dha. Bheir mi dhuit an sgeul
aig àm eile.

Bha fonn-dannsaidh a nis air a' chuideachd
agus ged nach robh inneal-ciùil againn dhanns
sinn gus an robh sinn tais le fallus, oir tha fhios
agad—

"Gur tric a bha sinn, fhir mo chridhe,
Gun phìob gun fhidhil a' dannsa."

Cha b' e idir an dannsa Gallda, bochd sin a chì
daoine gu tric—fear a' putadh 's a' slaodadh
nighinn leis mu'n cuairt an ùrlair mar gu 'm
biodh e toirt laoigh stallachdaich gu faidhir—cùl
ma laimh ris an dannsa ghrànda sin! Cha 'n e,
sin a bh'againne idir ach Ruidhle Thulachain,
's a h-uile—

"Ruidhle dùbailt,
Chleachd sinn tùs ar n-òige."

Chuir sinn am Buachaille Bàn a channtaireachd,
agus 's e chiad "phort-a-beul" a thug e dhuinn

AM MUILIONN-DUBH.

Tha 'm Muilionn-dubh air bhogadan,
Tha 'm Muilionn-dubh air bhogadan,
Tha 'm Muilionn-dubh air bhogadan,
 'S e 'togairt dol a dhannsa!

Tha nead na circe-fraoiche,
'S a' Mhuilionn-dubh 's a' Mhuilionn-dubh;
Tha nead na circe-fraoiche,
 'S a' Mhuilionn-dubh 'o Shamhradh!

Tha ioma rud nach saoil sibh,
'S a' Mhuilionn-dubh, 's a' Mhuilionn-dubh,
Tha ioma rud nach saoil sibh,
 'S a' Mhuilionn-dubh 'o Shamhradh!

Tha gobhair 'us crodh-laoigh,
'S a' Mhuilionn-dubh, 's a' Mhuilionn-dubh;
Tha gobhair 'us crodh-laoigh,
 'S a' Mhuilionn-dubh 'o Shamhradh!

Shaoil leam gu'n robh snaoisean,
'S a' Mhuilionn-dubh, 's a' Mhuilionn-dubh;
Shaoil leam gun robh snaoisean
'S a' Mhuilionn-dubh, 's gun deann ann !

Fhuair sinn an sin bho 'n Bhuachaille Bhàn
"'S ann an Ile bhòidheach," agus na dhèigh
sin—

Ruidhlidh na coilich-dhubha,
'S dannsaidh na tunnagan;
Ruidhlidh na coilich-dhubha,
    Air an tulaich làmh rium.

Air an tulaich agam fhéin,
Air an tulaich urad ud ;
Air an tulaich agam fhéin,
    Air an tulaich làmh rium.

An uair a shuidh sinn a sios an déigh an
dannsaidh dh' iarr mi air Pàraig na Seann-
Làraich stiall de Bhàrdachd Oisein a thoirt
dhuinn. An déigh beagan coiteachaidh agus
misnich thug e dhuinn h-aon de Sgeulachdan na
Féinne cho mìn, réidh, 's a rachadh tu féin no
mise troimh " Mhurachan 'us Mearachan," oir
tha e mion eòlach air Bàrdachd Oisein. Their
iad rium-sa—agus ma's breug bhuam e 's breag
thugam e,—gu bheil Pàraig cho déigheil air a
bhi leughadh Oisein 's gu bheil e aige air
sorachan mu 'choinnibh 'n uair tha e gabhail a'
bhrochain, 's gu bheil làn spàine de bhrochan, 's
làn sùil de dh-Oisein aige mu seach. Cha 'n 'eil
fhios nach abair thusa uime so mar a thuirt
Gobhainn Mor Bhaile-nan-leac mu Phara Roth-
ach, " Am buraidh bochd, b' fheàrr dha 'n
Leabhar Salm a bhi aige." Is e thug air a'
Ghobhainn so a ràdh mu 'n duine chòir, stòlda

so, gu'n robh Pàra Rothach a toirt leis nam
paipearean-naidheachd gu 'obair agus ga 'n
leughadh an sin.

An uair a dh' aithris am Buachaille Bàn
dhuinn, "Murachan 'us Mearachan" agus "Lùr-
a-pocan," thug sinn tacain air "Bualadh a
bhuilg," air am b' àbhaist dhomh bhi glé
dhéigheil 'n uair bha mi 's an sgoil; agus an
déigh sin chaidh sinn troimh 'n "Mhart Bhrad-
ach" agus "Capul 'Phearsain air chall," oir cha
'n 'eil sinn a' leigeil nan seana chleasan Gaidh-
ealach air dhichuimhn' ann an Cean-an-tuilm.
Thug Aonghas Og dhuinn òran gaoil a rinn e
féin, 's air m' fhacal gu'n robh e binn, boidheach.
Gheall e a sgriobhadh dhomh, agus 'n uair a ni
e so cuiridh mi ad rathad e. Chaidh ioma rann
neònach 'us òran binn aithris air an fheasgar sin,
air nach 'eil cuimhn' agam-sa, oir chuir sinn
seachad feasgar cho cridheil, càirdeil, agus neo-
lochdach, 's a chunnaic thu riamh. Is ann an
tigh Mhic-Aoidh an Cùl-na-Coille, tha 'n ath
"Cheilidh" mhor ri bhith, agus ma tha e 'n
dàn domh dol ann, có aige tha fios nach innis mi
dhuit cuid de na chì 's de na chluinneas mi an
sin. Tha fhios agad mar tha 'n seann-fhacal ag
ràdh, "Is e crioch gach comuinn dealachadh"
agus thàinig an t-àm dhuinne dealachadh agus
air dhuinn oidhche mhath a ghuidhe d'a chéile,
ghabh gach h-aon a rathad féin dachaidh.

Tha sinn uile beò slan aig a 'bhaile so. C'uin
a geobh sinn litir as a' Cheardaich? Tha sinn
a' gabhail fadail air a son. A' guidhe d' fhaicinn
slàn. Is mi do charaid dìleas. Fionn.

Ceann-an-tuilm,
Oidhche Nollaig, 1878.

CHRUINNEACHADH CHLANN-GHRIOGAIR.

Tha 'n ré air a chuan,
   'S tha an ceò anns a' ghleann ;
'S o'n a dhìteadh ar n-ainm
   Anns an latha gu teann,
Ar cath-ghairm iomraiteach,
   Rìoghail o chian,
Ni sinn éigheach 's an oidhche
   Le dìoghaltas dian !
Bi deas, bi deas ; bi deas,
   A Ghriogaraich ;
Ma bhios ruaig air ar tòir,
   'Us air n-ainm air a bhacadh,
Loisg am fàrdach !—'s am feòil
   Biodh aig eunlaith 'g a sracadh !
O, tionail, tionail, tionail ;
   Tionail, tionail, tionail ;
Fhad 's tha duileach 's a' choille,
   No cobhar air sruth-thuinn,
Mar is dual, cinnidh buaidh
   Le Mac-Griogair gu suthainn !

De Ghleann-urchaidh nan àrd-bheann
   'S de Chaol-chùirn nan saoidh,
De Ghleann-liobhann 's Ghlean-srath
   Tha sinn creachte a chaoidh—
Tur spùinnte, spùinnte,
   Spùinte, 'Ghriogaraich,
Spùinnte, spùinnte, spùinnte !
   Troimh dhoimhneachd a' chuain
Théid an steud-each 'n a dheann ;
   Chìthear birlinn a' seòladh
Thar clrein nam beann ;

Leaghaidh creagan mar eigh
  'S théid nan still gus a' mhuir,
M' an strìochd sinn ar còir,
  'Us ar diogh'ltas m' an sguir,
Bi deas, bi deas ; bi deas
  A Ghriogaraich !
Ma bhios ruaig air ar tòir,
  'Us air n-ainm air a bhacadh,
Loisg am fàrdach ! 's am feòil
  Biodh aig eunlaith 'g a sracadh !
O, tionail, tionail, tionail :
  Tionail, tionail, tionail !
Fhad 's tha duilleach 's a' choille,
  No cobhar air sruth-thuinn,
Mar is dual, cinnidh buaidh
  Le Mac-Griogair gu suthainn !

Eadar. le I. B. O.

APPENDIX.

———o———

NOTE (a).—"*Mo run geal, dileas.*" Page 4.

This song, which is very popular, is said to have been composed by young MacLean of Torlosk, Mull, who as a tacksman visited Islay, where he was captivated with the charms of Isabel of Balinaby. He sought her hand, and she declining to give him a definite answer at the time, he gave way to melancholy and was advised by his friends to go abroad, which he did. He refers to this circumstance in the fourth verse of the song. Returning after an absence of nine months he again sought the hand of the fair Isabel, but her parents prevented her accepting him. The refusal preyed so much upon him that his mind gave way, and he had to be confined as a lunatic. While confined he composed "*Mo run geal, dileas*" and several other songs, one of which begins—

"Rinn mi mo moch éiridh maduinn
A dhol a ghabhail an àilidh," &c.

Young MacLean died a raving lunatic.

NOTE (b).—"*C'aite 'n caidel an ribhinn?*" Page 16.

The song given with translation at page 16 was made up from several imperfect versions which came into my possession. Mr. N. MacLeod, the composer of "*Cumha an t-seana Ghaidheal,*" page 22, in supplying the following complete version of the song, gives its history as follows:

"This song was composed by a young Skye man on the occasion of the first emigration from Skye to America—an event not to be forgotten in the history of Skye. On that occasion, hundreds of her brave sons and gentle daughters were forced to leave their native island, to make room for deer and sheep, never to return again. Among the rest, the heroine of our song and her people were warned out of house and hall, and had to leave their quiet glen and happy home for ever. She was considered a model of beauty, and of very amiable disposition. Our young bard and she were much attached to one another, were recognized by everybody, and justly so, as two young, innocent, happy lovers. When she made him aware of the turn circumstances had taken, he made up his mind to follow her to America; but his friends being secretely informed of his intentions, took every precaution to prevent his escape. Accordingly, the day the vessel came to take the people away, they bound him hand and foot until the vessel had sailed. It was then he tuned his harp, and composed this touching song, more under the melancholy despair of a bereaved lover than under the impulse of poetic genius. This song used to be very popular in the West Highlands, and is sung to a beautiful air."

C' àit' an caidil an nìgh'nag an nochd,
  C' àit' an caidil an nìgh'nag?
Far an caidil an nigh'nag an nochd,
  'S truagh nach robh mi fhìn ann.

'N uair e dh' fhàg an long an cala,
  Bha mo leannan fhìn innt',
B' annsa leam 'bhi air na tonnan
  Air an robh mo nìgh'nag.

'N uair a thog iad rithe 'siùil,
  Bha mise tùrsach, cianail;
Shuidh mi air a' chnoc a b' àirde
  Gus an d' fhàg i m' fhianais.

'S mi tha diombach dhe mo bhràithrean
  'S dhe mo chàirdean dìleas
Nach do leig iad dhomh do phòsadh,
  'S tu cho bòidheach, fìnealt.

Cha robh uasal' bha mu 'n cuairt,
  A chunnaic snuadh mo nìgh'naig,
Nach robh 'n geall air deanamh suas
  Ri bean a' chuailean rìomhaich.

'S ann ort féin a dh' fhàs a' ghruag,
  'Tha buidhe, dualach, fìnealt';
Fiamh an òir a's bòidhche snuadh,
  'Na dhualan anns na cìrean.

'Us ged a gheibhinn na tha dh' òr
  'S an Olaint 's anns na h-Innsean,
B' fheàrr leam a bhi 'nochd a' seòladh
  Còmhla ri mo nìgh'naig.

'S truagh nach mi 'bha le mo luaidh,
  An lagan uaigneach, diomhair ;
Bhiodh mo làmh fo' do chùl dualach,
  An laidhe suas riut shuute.

Ach ma dh' fhanas mis' am bliadhna,
  Fiachaidh mi le dìchioll,
'S gabhaidh mi 'n t-aiseag à Grianaig,
  Na bho bhialthaobh Lìte.

Cha tog fiodhall, cha tog òran,
  Cha tog ceòl na pìoba,
'S cha tog nì 'tha fo' na neòil,
  Am bròn a laidh air m' inntinn.

NOTE (c).—"*Allt an-t-Siucair.*"   Page 40.

This song will be found complete in several collections
of Gaelic Poetry.   An English translation of it will be
found in Pattison's "GAELIC BARDS.'

NOTE (d).—"*Fios thun a' Bhaird.*"   Page 49.

This song is the composition of the late Wm. Living-
stone the Islay Bard, who was born at Gartmain, Islay,
1808, and died at Glasgow, 1870.   Besides two small
volumes of original Gaelic poetry he published a most
patriotic work entitled "A Vindication of the Celtic
Character."   The occasion of the song given at page 48.
which was called by the Bàrd *Oran Bean Dhonnachaidh*
(Mrs. Blair Lonbàn, Islay), is stated in Sinclair's *Oranaiche*
to be as follows :—"The Bard expressed a great desire to
have a piece of home-made "Islay cloth" to make a kilt
or jacket of ; Mr. R. Blair, now minister of St. Columba
Church, Glasgow, sent the Bard a web of grey home-made
cloth, got from his mother for this purpose, with the
following address upon it—'Fios thun a' Bhàird Ilich, o
Bhean Dhonnachaidh.'   In return for this Wm. Livingston
sent the song, hence the name and chorus."   The late T.
Paterson left a scroll translation of this song among his
papers, of which I made some use when writing the trans-
lation now given.

NOTE (e).—*An gille-clarsair.*   Page 79.

The following Gaelic translation of this song is by Arch-
bishop J. M. Hale :—

AN CLARSAIR.

Air fonn.—"Morén."

Do thriall chum catha òg-laoch na rann,
  Làr nàmhaid Eireann àrsaighe ;
Lann athar faisgthe air gu teann,
  An aoin fheacht le na chlàirsigh,
"A thìr na n-dàn !" ar an laoch-ceòl grinn
  "Da m-beidheadh an saoghal dod dhaoradh,
Ta aon chruit amhàin le do mholadh gu binn
  'S aon lann amhàin le do shaoradh."

Do thuit an bàrd, ach ma thuit gu foill
  Bhidh a chroidhe neamh-eaglach tréanmhar ;
Is roab sé téada chlàirsighe an ceòil,
  Do scuab sé an trà bhidh séanmhar :
Is dubhairt ; "Ni mhillfidh cuing do ghuth
  A chruite chaoin na bh-feath saora ;
Is ni cluinnfear go h-eug do làn-bhinn sruth,
  Làr bruide is bròin na tìre.

See "Gaelic Reading" Page 201.

NOTE (f).—*Oran Mulaid.* Page 100.

The chorus of this song is the fragment of a much older composition, the remainder of which seems to have passed beyond recovery. The verses were written with a view of perpetuating the air, which is sweet and simple, and bears a striking resemblance to that of "Aye waukin' O !" by Robert Burns.

NOTE (g).—*Dh' fhalbh mo leannan fein.* Page 104.

The chorus of this song belongs to another composition, which will be found in Sinclair's *Oranaiche.* The verses here given were written before the original composition was collected.

A. SINCLAIR, Gaelic Printer, 62 Argyle Street, Glasgow.

www.ingramcontent.com/pod-product-compliance
Lightning Source LLC
Chambersburg PA
CBHW030126030726
47498CB00007B/2568